三河雑兵心得

鉄砲大将仁義

井原忠政

双葉文庫

目次

信濃
甲斐
躑躅ヶ崎館
穴山氏館
富士山
駿河
甲州往環
興津城
江尻城
三河
遠江
伊豆
浜松城
高天神城
駿河湾
甲斐・駿河図

三河雑兵心得　鉄砲大将仁義

序章　茂兵衛のけじめ

植田茂兵衛《うえだもへえ》の屋敷は、浜松城《はままつじょう》のほぼ中心部にある。

本丸から榎門《えのきもん》を出て水濠《みずぼり》を渡り、真っ直ぐ南へ半町（約五十五メートル）下った曲輪《くるわ》の中だ。城内の一等地である。この界隈には、徳川家康《とくがわいえやす》の直属部隊である旗本先手役《はたもとせんてやく》の鉄砲組や弓組が集住していた。各物頭《ものがしら》の屋敷を囲むように足軽長屋が立ち並び、家族ぐるみ近所に暮らす中で、自然に戦闘部隊としての結束を固めていた。

ドンと陣太鼓が鳴れば、半刻（約一時間）以内に本丸へと上るのが心得である。命令が下れば、それが奥三河《おくみかわ》であれ、西尾張《にしおわり》であれ、はたまた大井川《おおいがわ》を望む遠江《とおとうみ》の東の端であれ、その足で駆け付けねばならない。家康が彼らに求めているのは、無類の忠誠心と俊敏な機動力に他ならなかった。

天正《てんしょう》八年（一五八〇）九月。茂兵衛は、信濃《しなの》との国境《くにざかい》を守る高根《たかね》城番を解かれ、四年ぶりに浜松城へと呼び戻された。肩書は同じ鉄砲頭のままだが、鉄砲の数が五十挺に増え、護衛の槍足軽が四十人、小頭《こがしら》九人、寄騎《よりき》三騎の都合百人余りを率いる立場となった。押しも押されもせぬ立派な足軽大将だ。俸給も百二十貫（約千二百万円）から徐々に加増され、今では二百五十貫（約二千五百万円）を食《は》んでいる。

「高根城番の四年は、ちと長すぎた。まるで島流しだがね」

妻の弟で、弓組を率いる松平善四郎《まつだいらぜんしろう》が不満げに口を尖らせた。

「善四郎様……声が大きい」

茂兵衛は、周囲を見回しながら義弟を制止した。たとえ屋敷内であっても、人事に不満があるような言動は慎んで欲しい。

本日は妻の寿美《すみ》の発案で、本多平八郎《ほんだへいはちろう》以下の仲間たちを屋敷に招き、四年に亘った山中の砦番《とりでばん》暮らしの報告や、物心両面からの支援への礼を兼ねた細《ささ》やかな宴《うたげ》を催している。

平八郎と善四郎の他にも、平八郎の馬廻衆《うままわりしゅう》を務める実弟の植田丑松《うしまつ》、善四郎の指揮下で足軽小頭を務める義弟の木戸辰蔵《きどたつぞう》ら、気の置けない朋輩《ほうばい》たちが集《つど》い、楽しく酒を酌み交わした。

「でものう茂兵衛。今回の人事を出世と無闇に喜ぶな。今後おまんは殿から徹底的にこき使われる覚悟をしておけ」

と、盃を膳に置いた平八郎が、真面目な顔で茂兵衛の目を覗き込んだ。

「こき使われまするか?」

「うん。使われる」

鉄砲が五十挺といえば相当な戦力だ。禄高五百石につき一挺の軍役と考えて計算すれば、五十挺の鉄砲は二万五千石を食む領主の軍役に相当する。それだけの数の鉄砲を預けるからには、あの吝《けち》で有名な家康が「茂兵衛組を便利使いしないはずがない」と平八郎は言うのだ。

「最も危険な戦場《いくさば》に、最初に投入され、最後に退くのさ。それが我ら旗本先手役の宿命だからのう」

「宿命?」

侍女に手伝わせて給仕をしていた寿美が手を止めた。

「左様」

松平一門の出身である女主人に頷いてから、平八郎は話を続けた。

「ワシゃ小平太《こへいた》（榊原康政《さかきばらやすまさ》）を見りん。城攻めでも野戦《のいくさ》でもいつも先鋒よ。毎度毎度真っ先に駆けて突っ込むから、どこの隊より討死の数が多い。それでも殿は、あっという間に生きのいい騎馬武者を補充してくれる。勿論、かたじけないことだが、その分『働け、働け』と仰っとるわけさ。これはこれで辛いものよ」

そこはよく分かる。

有能な者は優遇される反面、酷使されるのが戦国の——否々、組織の常だ。

ただ、少し寂しく感じられたのは、十四、五年前、まだ茂兵衛が平八郎の旗指《はたさし》足軽を務めていた頃なら「酷使されるのが辛い」というような後ろ向きな発言を、平八郎の口から聞くことはなかった。自分が先鋒でないことに腹を立て、喧嘩腰で家康に直訴していた頃の平八郎とは隔世の感がなくもない。

（平八郎様は今年で三十三か……まだまだ老成されるお年ではなかろうに）

実は茂兵衛、平八郎より一つ年嵩《としかさ》だ。今年で三十四——そういう自分は、どうなのだろうか。

（手前《てめ》ェで気づかねェだけでよ。傍《はた》から見れば、俺も爺臭い振る舞いとか、気弱な物言いとか、結構やらかしとるのかも知れんなァ）

と、平八郎の両鬢《りようびん》に目立つ幾筋かの白髪に目を留めながら、心中で嘆息を漏らした。

「そう申せば、拙者にも思い当たる節がござる」

二十四になった善四郎が、話に割って入ってきた。一家を構え、人の親となり、最近では腹の辺りに貫禄までついてきた。

「七郎右衛門《しちろうえもん》様（大久保忠世《おおくぼただよ》）がな……狙いの確かさと、脚の達者さで義兄《あにじゃ》の鉄砲組の右に出る隊は家中にいないと仰っておられた。で、そのことを殿様に自慢したというのさ」

「ああ、それだそれだ」

平八郎が手を叩いて笑った。

高根城の主な役目は国境の見張りである。しかし、長篠戦《ながしののいくさ》以降、武田《たけだ》の武威《ぶい》は目に見えて衰えた。青崩峠《あおくずれとうげ》を越えて徳川領に攻め込んでくる猛者《もさ》など、ほとんどいなくなったのだ。

つまり、国境の番城《ばんじろ》勤めは手持ち無沙汰になったのである。

配下の足軽たちの倦怠を恐れた茂兵衛は、気晴らしを兼ねた狩猟で脚力と鉄砲の腕を磨かせるようにした。藪の中を俊敏に走るシカやイノシシを撃ち、山道を駆け回る日々——さらには毎日のように獲物の肉を食わせたから、若い足軽たちの体力は目に見えて向上した。直接の上役である二俣城代《ふたまたじようだい》の大久保忠世が家康に茂兵衛組の実力を自慢し、それが今回の兵力の増強と、浜松城への帰還につながったのは間違いなさそうだ。

「仕事は無いよりあった方がええ。お手柄の立て放題ということだら。ま、頑張れ茂兵衛！」

と、平八郎が筋肉質の長い腕を伸ばして茂兵衛の肩をバチンと叩いた。五分か六分の力で叩いたろうに、肩の骨が外れるかと思った。

「はッ」

茂兵衛は笑って会釈を返した。

（この膂力《りよりよく》だ。まだまだ平八郎様はお若い）

肩の痛みがむしろ嬉しく、心地よくさえ感じられた。

宴の話題は人事へと移ろった。

茂兵衛組に必要な寄騎は三名だ。筆頭寄騎は大久保彦左衛門《ひこざえもん》のままでいいが、あと二人——二番寄騎と三番寄騎をどのような布陣でいくかが問題だ。

「誰ぞ、意中の者でもおらんのか？」

土器《かわらけ》を干した平八郎が、茂兵衛に質《ただ》した。

「や、取り立てては」

「たァけ。おまんの手足となって働く組下だら？」

と、険悪な目で睨まれた。茂兵衛の他人事《ひとごと》のような返事に焦《じ》れたのだ。

「どうするかのう……」

しばらく庭を眺めて考えていたが、やがて茂兵衛に振り向き――

「今年姉川《あねがわ》での戦《いくさ》から十年が経つ。おまん、横山左馬之助《よこやまさまのすけ》との約定を覚えとるか？」

平八郎が茂兵衛を睨んだ。

「も、勿論……」

茂兵衛が、しどろもどろになりながら応じた。

彼を「父の仇」と狙う左馬之助も今年で三十歳になったという。北近江《きたおうみ》を流れる姉川の北岸で、平八郎を証人として、茂兵衛は左馬之助から十年間の猶予を貰った。もしも、十年の間に千石取りの身分になれなかったら「首を差し出す」との条件だ。

現在、茂兵衛の俸給は二百五十貫である。一貫を二石で換算すれば五百石。三石で考えても七百五十石――千石取りには遠く及ばない。約定を厳格に捉えれば、茂兵衛は、左馬之助に首を差し出さねばならない。

「そんな無茶な」

丑松の盃に濁り酒を注いでいた寿美が顔を顰《しか》めた。亭主の命に係わる話である。無論、約定の存在を夫から聞かされてはいたが、現実的な話とは到底思えなかったのだ。

「あの、一言……宜しゅうございまするか？」

この一座で、ただ一人の徒士《かち》身分として、下座で遠慮がちに飲んでいた辰蔵が、辛抱しきれなくなって声を上げた。

「横山様は一度、茂兵衛様を撃っておられます。それも背後から」

茂兵衛と二人きりの場では「俺、おまん」で話す辰蔵も、余人を交えた席では、上下のけじめをつけてくれる。茂兵衛は朋輩の節度ある態度に日頃から感謝していた。

「茂兵衛様は、快復まで半年に亘って苦しまれました。それでもう仇討ちは帳消しなのではありますまいか？」

善四郎と丑松と寿美が、幾度も頷いた。

「確かに辰蔵の申す通りよ。ただのう。茂兵衛が首を差し出すとの約定を交わしたのは、その後だからな」

　ここは仕方なく、茂兵衛一人が頷いた。

「それにしたって執念深過ぎる。十七年前、拙者はお頭と横山軍兵衛《ぐんべえ》様の一騎打ちを、実際にこの目で見ております」

「うん。拙者も見ました」

　丑松が声を上げ、辰蔵に同調した。植田村当時、悪童たちから「のろ丑」「馬鹿松」と虚仮《こけ》にされていた弟が口髭を生やし「拙者」なぞと自称している――茂兵衛としても、徳川家に仕えてよかったと思わずにはいられない。

「どちらも正々堂々とした武士らしい戦いにございました。御子息として誇りこそすれ、恨みに思うのは筋違いかと思いまする」

　と、辰蔵が話を纏《まと》めた。

　永禄《えいろく》六年（一五六三）、三河一向一揆の際、菱池湖畔《ひしいけこはん》の野場城《のばじょう》に籠る夏目次郎《なつめじろう》左衛門《ざえもん》の足軽として、茂兵衛は攻め寄せた深溝《ふこうず》松平家の重臣《おとな》横山軍兵衛の首を挙げた。名のある侍が、足軽と一騎打ちを演じた挙句に首を獲られる――その息子が茂兵衛に深い恨みを抱き、「父の恥を濯《そそ》がん」と念じる所以《ゆえん》である。

「大体、徳川家の御法で、そんな逆恨みのような仇討ちが許されるのですか？」

寿美が平八郎に質した。

「無論許されん。だから左馬之助も、公には『茂兵衛の首を獲る』とは申しておらん。形の上では『もう仇討ちは諦めた』と表明しておる」

「先方様が諦めたのなら、問題はございませんでしょ?」

「や、問題は残る。まず第一に、左馬之助の本心は分からぬということさ」

「左様左様。決して正面からは向かって来ぬ奴にございます。現に一度、背後から鉄砲で撃っている」

辰蔵が吐き捨てるように付け足した。

「第二に、茂兵衛の名誉の問題がある。茂兵衛も今や立派な物頭だ。約定をした責任はあるがや」

「約定をさせたのは、平八郎様ではありませぬか」

「だからワシとしても心苦しくてのう。で、よい思案を思いついたのさ」

「よい思案?」

「うん。左馬之助をな、茂兵衛の鉄砲組の二番寄騎としてはどうだら」

「と、とんでもございません! 平八郎様、そんな御無体な」

かつて夫を鉄砲で撃ったこともある危険人物を直属の部下に——平八郎の乱暴

な提案に寿美が血相を変えた。

「や、寿美殿……傍から茂兵衛を眺めるだけでは、やれ『百姓上がりが出世しおって』と反感ばかりが募り、いつまでも遺恨は消えぬ」

むしろ茂兵衛の生き様や人となりを間近で見聞《けんぶん》すれば、左馬之助の「気も変わろう」と平八郎は寿美に説明した。

「もし、変わらなかったら？」

寿美が身を乗り出す。

「そん時ァ、茂兵衛もその程度の男だったということだら。約定通り首を差し出せばええ、ガハハハ」

「なんと！」

寿美が柳眉《りゅうび》を逆立てた。

「当家には、貴方《あなた》様のような薄情なお方に飲ませる酒《ささ》はございませぬ！」

と、怒り心頭の寿美が、平八郎の手から盃を取り上げた。

「こ、これはしたり」

徳川随一の猛将が顔色を変えた。平八郎の恐妻家ぶりはつとに有名だ。側室の乙女《おとめ》に家を仕切られ、まるで頭が上がらない。敵には滅法強く、女にはとことん弱い——まさに、漢の中の漢である。

御一門衆の姫君の怒りを恐れた平八郎は、こそこそと帰り支度を始めた。廊下に出ると茂兵衛に顔を寄せ小声で囁《ささや》いた。

「どうする、左馬之助の件？」

「そりゃ、平八郎様のお言葉に否はございませんが、それがし、どのような顔で横山殿と接すればええのか、見当もつきません」

「なにもせんでええ。おまんは普段通り、命じ、戦い、殺せばええのよ。おまんの思想や心根は、すべて行動の中に現れるがや」

ここで平八郎は、板戸の隙間から室内を窺い、少し表情を緩めた。

「ただ、左馬之助と変人の彦左衛門が配下では、おまんも働きづらかろう。誰ぞ気心の知れた徒士武者でも騎乗の身分に引き上げ、寄騎としてはどうか？」

「気心の知れた徒士？　な、ならば辰蔵を！　小頭の木戸辰蔵を是非寄騎に！」

思わず声が上ずった。

「そうゆうと思った」

平八郎がニヤリと笑った。

「辰蔵は、当家に奉公してどのぐらい経つ？」

「そりゃ、野場城が落ちてすぐに御奉公に上がりましたから、もう十六年」

間違えないように指折り数えて答えた。

「今は、善四郎殿の組下か？」

「はい」

「弓組の小頭だら？」

「十名の槍足軽を率いております」

「うん、問題なかろう。ワシから酒井忠次《ごかろう》にゆうとくわ」

「か、かたじけのうございまする」

思わず平伏し、廊下に額をこすりつけてしまった。

我がことのように——否々、我がこと以上に嬉しかったのだ。

辰蔵は十代の頃から苦楽を共にしてきた朋輩にして戦友だ。さらには妹タキの亭主でもある。それが騎乗の身分になれる。歴《れっき》とした士分になれる。

（これで、俺と丑松と辰蔵、三兄弟が轡《くつわ》を揃えて植田村に帰れるがや）

母と、義父の五郎右衛門《ごろうえもん》になによりの孝行となる。そして泉下《せんか》の実父も喜んでくれることだろう。

平八郎と丑松が曳馬宿《ひくまじゅく》近傍の屋敷へ帰って行った後、茂兵衛は辰蔵に平八郎の言葉を伝えた。

「お、俺が……騎乗の身分に？　槍を立てて歩くのか？　夢のようだがね」

焦点の定まらない目で、辰蔵がうわ言のように呟いた。

「早速に、馬を準備せにゃならんな。具足《ぐそく》も新調しろ。それから、女房殿に早う報せろ。これでタキも一丁前の『奥方様』だがや」

「も、茂兵衛よ！」

急に辰蔵が身を乗り出し、茂兵衛の膝にすがりついてきたので驚いた。

「な、なんだら!?」

「俺……おまんと会えてなかったら、生涯騎乗の身分になどなれてなかったわ」

人一倍、負けん気の強い男が、茂兵衛の膝にすがって男泣きし始めた。

第一章　奪還！　高天神城《たかてんじんじょう》

一

高天神城は、天正《てんしょう》二年（一五七四）六月に徳川から武田が奪って以来、遠江《とおとうみ》国内に残る数少ない武田側の拠点の一つとなっている。

徳川から見れば、喉に刺さった魚の小骨だ。

ただ、この小骨――平地からの比高が三十丈（約九十メートル）にも及ぶ堅固な山城であり、平押しには向かない。天正二年の折も、武田勝頼《かつより》は城将の小笠原《おがさわら》信興《のぶおき》を説得し、かろうじて無血開城に漕ぎつけた。小笠原はよく戦ったのだが、幾度も後詰めを要請したにもかかわらず、織田信長《おだのぶなが》の顔色を窺う家康が援軍を送れなかったのだ。

「三河《みかわ》様は、高天神城を見殺しにした」

「小笠原が遠江衆だから、援けなかったのさ。徳川にとっての遠江衆は、使い捨ての駒だがや」

と、遠州《えんしゅう》国内における家康の声望は地に落ちた。

尤《もっと》も、その翌年には長篠戦《ながしののいくさ》があり、織田徳川連合軍は、勝頼を完膚無きまでに叩きのめしている。それでも家康の溜飲は下がらず、今でも、酒井忠次《さかいただつぐ》や本多平八郎などとの私的な席では「高天神だけは信長の力を借りず、ワシ単独で落としてみせる」と彼にしては珍しく勇ましい発言を繰り返しているそうな。よほど六年前の敗北が悔しかったのだろう。

天正八年（一五八〇）八月までに、家康は高天神城の北、東、南を取り囲むように、小笠山《おがさやま》、能ヶ坂《のさか》、火ヶ峰《ひみね》、獅子ヶ鼻《ししはな》、中村《なかむら》、三井山《みついさん》の六つの砦を完成させた。各砦を壕や柵で繋ぎ、謂わば万里の長城のような防衛網を完成させたのである。その全長、およそ三里（約十二キロ）。ちなみに、城の西側は険しい山地であり、その出口は横須賀城《よこすかじょう》が押さえている。これで高天神城は、まさに袋の鼠となった。

砦群が完成した二ヶ月後の天正八年十月十二日。

家康は旗本先手役《はたもとせんてやく》の精鋭五千を率い、浜松城《はままつじょう》の大手門を潜った。東へ進んで天竜川《てんりゅうがわ》を渡河《とか》、遠州灘沿いに横須賀城を目指した。直線距離にして五里半（約二十二キロ）ほどの行程だ。

横須賀城は、高天神城の南西二里（約八キロ）に位置する付城《つけじろ》である。付城とは、攻城側の拠点となる城郭を指す。つまり横須賀城は、六つの砦を指揮して高天神城を攻める徳川側の前線司令部という位置付けだ。

当時は横須賀湊《みなと》に接した海辺の城で、船着場もあった。北方を通る東海道には掛川城《かけがわじょう》が睨みを利かせ、海側の浜道にはこの横須賀城が目を光らせていた。

築城は二年前の天正六年（一五七八）で、旗本先手役の将である大須賀康高《おおすがやすたか》が普請を担当した。康高は、そのまま城代として残り、現在も指揮を執っている。やや肥満した温厚そうな人物で齢《よわい》は五十四。平八郎の盟友である榊原康政の岳父である。

茂兵衛も、大久保忠世麾下《きか》の足軽大将として、総勢百名からの鉄砲隊を率いて参陣していた。現在、遠江から武田の勢力はほぼ駆逐されている。わずかに高天神城と小山城《こやまじょう》が抵抗を続けているが、勝頼の援軍が来る可能性は極めて低い。

つまり横須賀城までの旅路は安全で、至極のんびりとしたものになった。茂兵衛は隊の先導を筆頭寄騎《よりき》の彦左と二番寄騎の左馬之助に任せ、三番寄騎の辰蔵と轡《くつわ》を並べて最後尾を進んでいた。

元亀《げんき》四年（一五七三）以来、乗ってきた「青梅《おうめ》」は三年前十二歳で退役させ、現在、茂兵衛は若い青毛馬《くろうま》に乗っている。雷《いかずち》と名づけた大柄な悍馬《かんば》だ。足軽あがりの茂兵衛は、今も馬と剣術にだけは自信が持てない。できれば大人しい小柄な馬を使いたいが、なまじ乗り手が大男だから、よほどデカい馬でないと、すぐにへばってしまうのだ。かくて気の荒い雷に、茂兵衛の方が気を遣いながら恐る恐る付き合っている。

九月に騎乗の身分に取り立てられたばかりの辰蔵は、初めて馬に跨って従軍した。肩高《けんこう》四尺（約百二十センチ）という小柄で大人しい栗毛馬を選び、堅実に乗りまわしている。なにをやらせても、器用でそつのない男なのだ。ただ猛練習の結果、辰蔵の股座《またぐら》と尻が悲鳴を上げていることは内緒である。

「おい、無理をするなよ」

「大丈夫だがや。俺の尻は、結構我慢強い」

「尻じゃねェ。おまん、敵と出くわしたら躊躇《ちゆうちよ》なく馬を下りて徒士《かち》で戦えって話だがね」

「たァけ。そんな恥ずかしい真似ができるか」

辰蔵が吐き捨てるように早口で言った。確かに慌てて馬を下りると「あの男は足軽あがりだから、馬に不慣れなのよ」と、古参の騎馬武者衆から嘲笑されそうである。

「心配すんな茂兵衛。今回は城攻めだら。そうそう馬で戦う場面はねェさ」

「ほうか？」

「ほうだら。心配ねェって」

明らかに辰蔵は馬の話題から逃げたがっている。子供のように茂兵衛から心配されるのが嫌なのだ。でも辰蔵は妹の亭主だ。茂兵衛には、タキと恋仲だった男を、心ならずも撲殺してしまった過去がある。この上亭主まで死なせてしまったら、妹に合わせる顔がない。命が懸っている限り、どんなに嫌な顔をされても苦言を呈さねばなるまい。

「今やおまんは馬乗りの兜首だら。敵の目の色も変わってくる。恥をかくのと、首級《しゆきゆう》になるのとどっちがええ？」

「たァけ。どっちも嫌じゃ」

義弟が険悪な眼差しで睨み返してきた。

この馬という兵器は色々と難しい。勿論、移動は楽だし、人と比べればうんと速く、長く走れる。上手な乗り手が百騎、二百騎と集団を作れば、その突進の破壊力は凄まじい。ただ、騎馬武者が単独で戦う場合、必ずしも有利とは言い難く、有象無象《うぞうむぞう》の槍足軽に囲まれただけで、手もなく突き殺されてしまう。胸から上が人の頭の上に出ているので、弓鉄砲には格好の的となるだろう。そういう場合は、いち早く馬を捨て、徒士となって戦うべきなのだ。もし、初めて馬で戦場に出た足軽あがりの騎馬武者が、対面を慮《おもんぱか》って、馬を下りる機会を逸すれば、それは身の破滅にも繋がりかねない。

茂兵衛が騎乗の身分になったのは元亀四年（一五七三）、もう七年も前のことだから、さすがに今は「馬から下りるのが恥だ」とは感じなくなったが、当初はそういう気分がなくもなかった。辰蔵の気持ちはよく分かる。

（俺らは鉄砲隊だ。そうそう騎馬で敵に突っ込む場面はなかろうさ）

「ま、ええわ」

と、楽観的に考え、茂兵衛は辰蔵との議論を打ち切ることにした。

「ときによォ」

辰蔵が、薄ら笑いを浮かべながら話を継いだ。

「なんら？」

「横山軍兵衛の倅殿《せがれ》とはどうなった？」

今度は辰蔵が「仕返しじゃ」とばかりに、嫌な話題を吹っかけてきた。

「どうもしねェ。普通に話せば、普通に答えてくれる。普通だよ。普通」

横山左馬之助が、茂兵衛の鉄砲隊に二番寄騎として赴任してきたのは、かなり遅れてつい先日のことだ。左馬之助は、十年前の姉川戦《あねがわのいくさ》のときと同じ古びた輪貫《わぬき》の前立《まえだて》の頭形兜《ずなりかぶと》を今も被っていた。あまり懐具合は芳しくないようだ。茂兵衛が真新しい高価な毛引縅《けびきおどし》の具足《ぐそく》を身に着けているのを見て、どう感じたことだろうか。

「普通な野郎が、味方を背後から鉄砲で撃つか？」

「もう百年も前の話だがや。忘れてやれや」

――厳密には、ほんの十一年前の出来事だ。

「ふん。なにが『忘れてやれや』だ、他人事《ひとごと》のように……ま、ええ。左馬之助のことは俺に任せとけ」

「どうする気だら？」

「俺ァ野郎から目を離さねェ。姉様からも頼まれてんだ」

「姉様って、寿美のことか？」

茂兵衛の妻が寿美で、辰蔵の妻は茂兵衛の実妹である。茂兵衛を間に挟めば寿美は辰蔵の「姉様」だ。

「くれぐれも気をつけてくれって。亭主を頼むって……俺ァ、姉様の期待を裏切れねェ」

「おまんも左馬之助も、俺にとっちゃ大事な組下だがや」

「そんな生温《なまぬる》いこと抜かしてると、また鉛弾を背中に喰らうことになるど」

「たァけ。御免だわ」

「ハッキリゆうとくぞ。左馬之助が少しでも妙な素振りを見せやがったら、野郎が撃つ前に俺が突き殺してやる」

などと、物騒な台詞《せりふ》までが飛び出した。いつになく辰蔵は強硬で、取りつく島がない。

（ほうか。辰の野郎、騎乗の身分になれたことで俺に恩義を感じとるんだ。それで左馬之助の存在に過剰に反応しとるわけか）

小さな厚意を過剰に恩に着て、茂兵衛の弾避けとなって死んだ服部宗助《はっとりそうすけ》のことが思いだされた。同じ過ちを辰蔵に犯させるわけにはいかない。

（ま、援けてもらった俺が「過ち」と言うのは酷ェな。服部が浮かばれねェわ。

ナンマンダブ、ナンマンダブ）

と、恩人に感謝し、心中で念仏を唱えた。

「辰、なにしろ気を散じるな。左馬之助のことなんぞ忘れとれ」

「そうはいかねェ。俺ァ、おまんを守る。それが俺の義だ」

「たァけ。ええか……俺がおまんを寄騎にしたのは、使えるからだがや。別におまんが俺に恩を感じることではねェ。恩だとか義だとか柄にもねェこと抜かしてると命を落とすぞ！　戦場に向かうのに雑念は要らねェ。今度の相手は、痩《や》せても枯れても武田だがや！」

隊の鉄砲頭と三番寄騎が口喧嘩を始めた。最後尾を歩く槍足軽たちが、チラチラと様子を窺っている。彼らから見れば、当世《とうせい》具足に立派な兜を被った騎馬武者は異世界から来た神の如き存在だ。それが童《わらわ》のように口論している。さすがに、このことだけで上役を見下すことはなかろうが、あまり良い傾向ではない。

「辰、俺ァおまんに上役として命じる。左馬之助と俺のことは、しばらく忘れとけ、ええな」

と、一応は釘を刺しておいたが、辰蔵は渋々小さく頷いた後、ソッポを向いてしまった。考えを変える気は一切なさそうだ。

未《ひつじ》の上刻(午後一時頃)を少し回った辺りで、前方に横須賀城が見えてきた。平城だが遠目にも広範囲に積まれた石垣が白く端正に際立って見える。風流に縁のない茂兵衛にも「美しい城だ」と感嘆させるほどの、新規な築城思想だ。

「おい本多」

茂兵衛は、すぐ前方を歩いていた槍隊の小頭《こがしら》に低く声をかけた。

「はッ」

「俺らは先頭に戻る。おまんが殿軍《しんがり》の指揮を執れ」

「承知!」

まだ若い男だ。今回、彦左の推薦で小頭に起用した。元々は大久保党の家来衆だ。名は確か——主水《もんど》とか言った。

茂兵衛は辰蔵を促して鐙《あぶみ》を蹴り、部隊を追い越して先頭へと向かった。

「あれが横須賀城にございます」

彦左が何故か自慢げに指差した。

「うん」

「美しゅうございまするなあ」

「ほうだな」

中世城郭の多くは実用本位で、遠望すると茶色い禿山か、土饅頭のように見えた。敵が上り難いよう、土塁の木々を一掃するからだ。草も手掛かりにならぬようすべて引き抜く。土が剝き出しの斜面はよく滑り、上り難いこと夥《おびただ》しいものだ。

その点、石垣は滑らず、むしろ上り易そうにも感じるが、土塁の斜面より崩れ難く、急勾配に造れる。ま、一長一短はあろうが、彦左が称賛するように、見栄えは石垣を多用した方が遥かにいい。

「武田を潰せば、天下は織田徳川のものとほぼ決まる。戦国の世が終われば、城の役目も自《おの》ずと変わりましょう」

珍しく彦左が小難しい話を始めた。

「で、どう変わる？」

「領民の尊敬を集め、畏怖を与えるべき武威《ぶい》の象徴となりましょう。そのためにも石垣造りの城は威厳があってええ」

「なるほど」

「ま、兄の受け売りですがね」

「だろうと思った」

茂兵衛の返しに、彦左と辰蔵は笑ったが、左馬之助は黙って馬を進めている。

「横山様」

と、辰蔵が後方の左馬之助に振り返って、明るく声をかけた。

「ん?」

「どうやら城の意味も変わってくるそうにござるぞ。時代はどんどん進んでおりまするなァ」

「うん」

気のない返事だ。

茂兵衛は、辰蔵が左馬之助を挑発するのではないかと気が気ではない。辰蔵はお構いなしに言葉を続けた。

「お互い、古いこと、昔のことに固執しておると、取り残されてしまいそうで、恐ろしいですなァ。寒気がしますなァ」

明らかな挑発だ。茂兵衛はもとより、大雑把な性格の彦左までが、顔を引き攣《つ》らせている。ちなみに、彦左には茂兵衛と左馬之助の経緯《いきさつ》は詳しく伝えてある。

「変わらんもの、変えてはならんものもあるさ」

と、左馬之助がボソリと返した。

「ほう、左様で」

茂兵衛が「もう止めとけ」と、強く睨みつけたので、ようやく辰蔵も矛を収めた。気まずい沈黙とともに、茂兵衛の鉄砲隊は東へ進んだ。

二

家康の本隊は横須賀城の門を潜ったが、大久保隊は城の脇を素通りし、そのまま二里（約八キロ）足らず行軍して、高天神城の北西に位置する林《はやし》ノ谷《や》の陣地に入った。

空壕《からぼり》を掘った残土を搔き上げ、土塁とした程度の簡単な陣地だ。敵の猛攻に耐え得る砦とは言い難い。

ただ陣地内から見上げれば、高低差が二十丈（約六十メートル）もある崖の上に城の櫓《やぐら》と柵が見えている。茂兵衛たちが攻めるのも苦労するだろうが、城兵も簡単には下りて来れまい。

高天神城は、台地の端にある鶴翁山《かくおうざん》（標高百三十二メートル）の山頂に築かれた典型的な山城である。平地に面した南や東は、比高が三十丈（約九十メートル）もある断崖絶壁で、城兵の撃つ銃弾にさらされる攻城側がよじ上ることはほぼ不可能だ。北や西から尾根伝いに攻めるのが正攻法だが、土木普請に長《た》けた武田勢は、大規模な堀切《ほりきり》を穿《うが》ち、切岸《きりぎし》を設け、敵の侵入を固く拒んでいた。

ちなみに堀切とは、尾根筋を大きく掘削し、尾根伝いに敵が侵入できないようにする空壕であり、切岸はなだらかな斜面を掘削、人工の崖と化す山城特有の防衛施設である。

早速、大久保忠世の本陣で物頭《ものがしら》級を集めた軍議が開かれた。

「ま、見ての通りの堅城で、なかなかの難物……苦労させられそうじゃな」

茂兵衛と善四郎を含めた八名の足軽大将を前に、忠世が嘆息を漏らした。

忠世は家康が最も信頼する侍大将の一人だが、戦国武将とか英雄豪傑といった印象からはかなり遠い。下膨れの顔に団栗眼《どんぐりまなこ》で「まいったな」「もういかん」と始終悲観的な発言ばかりしている。

ただ、悲観的なのは言葉ばかりで、いつもきちんと結果を出してくるから不思議な男である。粘り強さが身上で、決して弱将でも愚将でもない。

「日頃、人使いの荒い殿もな、ワシらにあの崖を這い上って攻めよ、とはさすがに申されておらん。要は見張りよ。城への兵糧や弾薬の搬入を阻止する……これが我らのお役目じゃ」

と、高天神城の見取り図を折れ弓の先で示しながら忠世が説明した。

今回の家康は、敢えて力攻めはせず、掘や柵を設けて高天神城を囲み、城兵の疲労と物資の枯渇を待つ策に出たのだ。

「つまり、兵糧攻めにござるか？」

善四郎が訊いた。声色に落胆が表れている。兜の眉庇《まびさし》がぶつかり火花が散るような激戦に、少年のような憧れを持つ善四郎だ。単調で退屈な兵糧攻めが方針と聞いて、少し気落ちしたのだろう。

「ま、そうゆうことじゃ」

忠世が大きく頷いた。

六つの砦を繋ぐ広域の防衛網と、城の直下の各陣地で、二重に人と物の出入りに目を光らせる策とみた。

実は高天神城は、決して補給の難しい城ではなかったのだ。海が近く、駿河《するが》の江尻《えじり》（現在の清水市）から武田水軍を使っての補給が続けられてきたのである。

だが、天正六年（一五七八）に勃発した上杉《うえすぎ》家内での後継者争い——所謂《いわゆる》、御館《おたて》の乱《らん》——に勝頼は介入した。彼が支援した上杉景勝《かげかつ》は勝利を収めたが、敗死した上杉景虎《かげとら》は北条氏政《ほうじょううじまさ》の実弟だったことから、武田と北条の同盟関係は雲散霧消してしまう。北条水軍は東国一を誇り、本来は山国である武田の水軍などは、到底敵わない。かくて勝頼は、駿河湾と遠州灘の制海権を失い、海路による高天神城への補給が不能になった次第だ。

さらに、六つの砦が完成した八月以降、家康にしては珍しく、収穫期を迎えた高天神城周辺の田圃《たんぼ》を悉《ことごと》く焼き払ったらしい。

（へえ、うちの殿様でも、そうゆう酷いことをなさるのかい）

茂兵衛は少し残念に感じた。家康は決して天才肌の英雄ではないが、それでも百姓が困る「田畑の焼き払い」などの非道は好まない——そこが唯一無二の愛嬌だったのだが——ま、兵糧攻めとあれば止むを得まい。

茂兵衛は十七歳の頃から、籠城戦も攻城戦も数多《あまた》体験している。どこの城でも、抜け穴の一つや二つは掘ってあるものだ。まいてや、武田勢は金山の鉱夫を動員するから穴掘りに長けている。その抜け穴から、夜陰に乗じて収穫した新米を搬入されては、兵糧攻めの効果は上がらない。

（ま、俺が大将でも周囲の田圃だけは焼くなァ）

と、茂兵衛は自らの胸に手を当て、正直に問いかけてみた。どうも聖人君子では、戦国武将は務まらないようだ。

「これ、茂兵衛」

軍議が散開し、己が陣地へ戻ろうとした茂兵衛を忠世が呼び止めた。

「はッ」

「ちと話がある。すまぬが、ワシの天幕まで来てくれ」

「ははッ」

と呼ばれて、上役の後をのこのことついていった。

前を歩く忠世の髷《まげ》が茂兵衛の胸の高さだ。弟の彦左や忠佐《ただすけ》も体は小さい。大久保一族の血のようだ。ただ、形《なり》は小さくとも、この一族は気組みが大きく、肚が据わっており侮《あなど》れない。押しが滅法強く、一つ間違うと傲岸不遜な印象さえ与える。この忠世が、妙に悲観的で、情けない言動を繰り返すのも、己が本質を糊塗《こと》するため、気の小さな男に擬態《ぎたい》しているだけかも知れない。

「少し、呑むか？」

床几《しょうぎ》に座るなり、忠世がニッコリと笑いかけてきた。

「いえいえ、まだ明るうございますし」

と、遠慮したのだが、委細構わず濁り酒が出てきた——こういうところだ。いかにも忠世らしい。悲観的な言動の割に、行動は強引。組下の話など聞いていない。

「どうだ我が弟は？　彦左衛門は？」

「はあ、よくやってくれております る」

「ほうか。あの悪たれが、真面目に勤めてくれておるようで、上和田《かみわだ》の老父も大層喜んでおる。なによりの親孝行じゃ」

忠世と彦左衛門の父は大久保忠員《ただかず》という。通称は平右衛門《へいえもん》。家康の祖父に当たる松平清康《まつだいらきよやす》の代から仕える徳川家きっての宿老だ。

かなりの艶福家として知られ、八男である彦左を儲けたのは忠員が五十二のとき——さらに彦左には弟までいる。忠員は七十を過ぎた今も、孫か曾孫のような妾《そばめ》を寝所に入れ、明るい内から乳繰り合っているそうな。彦左は、そんな父親の性的嗜好を大層嫌悪しており、下手にからかうと激高するから注意が必要だ。

「どうやら彦左の奴、おまんのことを深く慕っておるらしい。勿論、変な意味ではねェぞ。ガハハ、人として一目置いとるという意味だがね」

（まったく……この親父の灰汁《あく》の強さはどうだ？）

「おまんのことを立派な足軽大将じゃ、真《まこと》のお頭じゃと、尊敬しとる」

茂兵衛は、黙って頭を下げた。煽《おだ》てられているのは間違いない。おそらくこの後の話は、ろくでもない頼み事だと想像がついた。

ここで忠世は、濁り酒の土器《かわらけ》を一気に干した。

「さて、ここからが本題じゃ」

（来た、来た。来よったがね）

「彦左を、どうであろうか……そろそろ足軽大将に……や、まだ早いかな？」

「いえいえ、もう立派に相務められましょう」

「実は殿から、槍隊を彦左に任せてはどうか、と持ちかけられてのう」

「おお、それは適任にございましょう」

「本当か？　本心からそう申しておるのか？」

「はい、勿論」

勿論――本心ではない。実はまだ早いと思っている。

高根城《たかねじょう》の頃からすれば、彦左も大分成長した。鉄砲隊の筆頭寄騎としてなら十分に通用する。ただ、足軽大将は単なる部隊指揮官ではない。物頭と配下の者たちとの関係性は、その心情の部分で、一昔前の寄親寄子《よりおやよりこ》制の色合いを濃厚に留めていた。

確かに、茂兵衛や彦左が属する旗本先手役は家康の直属部隊であり、他部隊に比べ「自分は家康公の直臣《じきしん》」「俺の主人は家康公」との気分が強い。その伝でいけば、指揮官である物頭はただの上役、身分上の差異は相対的で「同僚」「同輩」に等しいはずだ。

しかし、長く指揮監督を受け、戦場で生死を共にしていると、そこには疑似的な主従関係——あるいは親子関係のような濃厚な心情が芽生えてくるものなのである。

茂兵衛は五年前に事実上の物頭となり、牧之原《まきのはら》台地での襲撃隊の指揮を執った。今でも、百人いる配下の内の三割近くが古くからの馴染みだ。幸運にして茂兵衛隊は戦死者が少ない。この五年間で、小頭の服部宗助を含めても、十人いるかいないかだ。お陰で——

「お頭のゆうことを聞いとったら生きて帰れる」

「植田様は、百姓あがりだから雑兵の命も大事にしてくれる」

と、茂兵衛への信頼は極めて篤い。

信頼は篤いが、主従関係はない。彼らの俸給を出しているのは家康であって、茂兵衛ではないのだ。自然、茂兵衛と彼を慕う配下たちとの関係性は、利害を離れた心情的なものに収斂していく。率直に言って、今の茂兵衛は、配下の兵たちを倅か弟のように感じていたし、配下の者たちは陰で茂兵衛のことを「お頭」ではなく「うちの親父」と呼んでいるらしい。

そういう濃密な人間関係の構築が、短気で皮肉屋な彦左の現状で可能なのか否か——本音では懐疑的な茂兵衛であった。

「おまんは、本心をゆわんからのう」

忠世に見透かされた。

「ワシはな。弟はまだまだだと思うぞ」

「畏れ入りまする」

「あの短気さ、口の悪さでは、終《しま》いには配下から嫌われよう」

どうやら、兄は弟の足らざる点を完全に把握しているようだ。

「奴は思ったことをそのまま口に出す。おまんやワシのように腹芸ができん。おまんはワシのことを『たァけ』だと思っても、そうは口にすまい」

(あ、当たり前だがや)

「今の彦左のままでは、たとえ足軽大将に据えても務まらんと思う」

「もしや、御心配が過ぎるのでは？」

「ふん。おまんはよう知っとるはずだら。三河者に嫌われた三河者の末路を」

「は？」

忠世は、周囲を見回してから声を潜め、茂兵衛に囁《ささや》いた。

「ワシには、彦左の将来が、故信康《のぶやす》公に重なって見えるのよ」

「なんと！」

昨年、家康の嫡男、岡崎《おかざき》信康は忠世が城代を務める二俣城《ふたまたじょう》で切腹して果てた。信長の異常な猜疑心の犠牲となった形だが、実際には、廃嫡は兎も角、命までは取られずに済んだはずだ。なにせ信長にとって唯一無二の同盟者の嫡男なのだから。廃嫡後、剃髪してどこぞの寺で謹慎すれば、それをけじめとして、信長は矛を収めただろう。その信康が何故、死においやられたのか——それは三河家臣団の、過半の支持を失ったからだ。

外敵に対し、徳川家を中心に団結した三河武士の強さは無類だ。武田家の武威が衰えた今、日本一の精鋭軍団と言っても過言ではあるまい。しかし同時に、一旦内部で嫌われると、その排除の力学もまた強烈なのだ。三河者の団結力の強さと、異端者に対する排除圧力の強さは、一枚の紙の表と裏の関係にある。徳川を支える三つの軍団のうち、浜松衆と東三河衆の支持を失った信康を、父である家康は、泣く泣く排除せざるを得なかったのだ。

「で、それがしに、どうせよと？」

「もっともっと鍛えることよ。人は苦難を乗り越えてこそ成長を遂げる」

「なるほど」

と、茂兵衛は深く頷いた。もしそれが本当に忠世の教育方針だとしたら、茂兵衛は上役の期待に応えられそうだ。平八郎は、茂兵衛隊は家康から「こき使われるはず」と言明した。武人がこき使われるということは、大きな苦難を、命懸けの苦難を味わうことを意味するのだから。

「では、そのように致しまする」

と、首《こうべ》を垂れた。

「ほうか。ではそのように致せ。はい、御苦労であった。帰ってよし」

と、急に余所余所《よそよそ》しく、露骨にそっぽを向かれた。あたかも「もう、お前の用は済んだ。早う帰れ」とでも言われた気分だ。どうも、変人なところは兄弟似ているらしい。

三

兵糧攻めは、現実に「城兵を餓死させること」を目的とはしていない。飢えさせることで城兵の戦意を削《そ》ぎ、早期の降伏を促すのが本旨である。攻城戦は、攻める方に甚大な被害が出る。堅い山城になると平押しではなかなか落ちないものだ。攻め手が、城兵の裏切りを誘う調略や、ある意味戦闘より時と銭を要する兵糧攻めを用いたがる所以《ゆえん》である。

今までも徳川勢は、高天神城へ向かう武田の荷駄隊を攻撃して、補給路を破壊してきた。茂兵衛自身も五年前の天正三年(一五七五)、高天神城と小山城を結ぶ牧之原台地に足軽隊を率いて潜伏し、度々武田の荷駄隊を襲撃したものだ。それでも抜け道は幾つもあったはずで、完全な封鎖は難しいものなのだ。しかし、この八月に六つの砦が完成して以降は、城への物資搬入はほとんど不可能になった。高天神城は、完全に孤立したのである。

城兵の数は、城代の岡部《おかべ》元信《もとのぶ》以下八百人ほどか。一人当たり、日に米を六合

（約九百グラム）、味噌二勺《しゃく》（約三十六グラム）、塩一勺（約十八グラム）を食うとして、八百人分の兵糧は、一日当たり二百三貫（約七百六十一キロ）となる。算盤《そろばん》自慢の者が計算したところ、「もって二ケ月《ふたつき》」との目途が立った。今までも補給に苦労していたことを考えれば、さらに困窮している可能性もある。八月に六つの砦が完成し、十月に家康本隊による包囲が始まった。十一月――そろそろ音《ね》を上げそうなものだが、高天神城は落ちなかった。よほど切り詰め、食いつないでいるのだろう。

とはいえ、節約にも限界がある。十一月のある夜、一本の矢が、城内から徳川の陣地内へと射込まれた。矢文である。

手紙の送り主は城将岡部元信、内容は降伏の申し入れだ。

「これを岡部が書いたという証はない。構わぬ、黙殺せよ」

と、文を読み終えた家康は冷徹に命じた。

平八郎が自分が軍使となり、直接岡部に会って真意を質《ただ》してくると提案したが、家康は「黙殺せよ」と態度を変えなかった。

その後も幾度か矢文は射込まれた。内容は切実なもので――城内で餓死者が出始めていること。城兵の助命以外には、降伏の条件がないこと。けじめとして城将の岡部が腹を切ること等が認《したた》められていた。城内の切羽詰まった状況がひしひしと伝わってくる。

それでも家康は「黙殺せよ」としか言わなかった。家康に岡部の降伏を受け入れる気がないことは明らかだ。

「家康公にしては珍しいな」

茂兵衛は、囲炉裏端でうたた寝をしながら聞くともなしに、植田家の家来である清水富士之介《しみずふじのすけ》と稲場三十郎《いなばさんじゅうろう》の会話を聞いていた。

「この辺りの田圃を焼いたってゆうしよォ。なんか変だがね」

「ほうだら。いつもと違うわ」

この二人も茂兵衛の家来になって七年が経つ。今では簡素ながら当世具足を着け、槍を提げ、徒士武者として参戦している。徳川家の直臣でこそないが、四人いる足軽待遇の従僕を指揮する立場でもある。

富士之介以下のこの六人が、茂兵衛個人の全勢力だ。他にも、浜松では家宰の鎌田吉次《かまたきちじ》が、三人の家来を率いて留守宅を守っている。

「家康公な。信長からきつうにゆわれとるらしいわ。決して高天神城の降伏を許すなとな」

「ケッ、またあの野郎かァ。偉そうに指図しおって……けた糞悪いわ。大体、信長は……」

「こらァ」

たまらず声を上げ、身を起こした。二人が慌てて平伏した。

「信長はいかん。信長公、信長様、右大臣家……どれかにせい。呼び捨てはいかんぞ」

「でも、旦那様……」

「たァけ。分かっとるわ。誰も気持ちは同じだがね」

昨年、信長の命により、家康は妻と子に死を与えた。与えざるを得なかった。

その背景には、徳川家内部の陰湿な事情があったのも事実だが、明白に「殺せ」と命じたのは信長だ。徳川家臣団の信長に対する眼差しは極めて冷淡——憎悪の対象ですらある。

「家康公の気持ちにもなってみろ。手前ェ《てめ》の嬶《かかあ》と倅を殺されたんだぞ？　それでも辛抱して『右大臣家、右大臣家』と奉っておられる。今、奴に見放されたら、俺らだけでは、落ち目の勝頼にだって敵わねェ。明日にも三河と遠江は織田と武田に分捕られちまう。だからこその信長様だら。何処に尾張《おわり》の耳や目があるやも知れん。今後呼び捨てはいかん。ええな」

家康が信長から「決して、高天神城の降伏を許すな」と厳命されているのは事実であった。「高天神城を見殺しにした」と、勝頼の権威を失墜させることを信長は強く望んでいる。すでに死に体の高天神城ではあるが、天下に勝頼の恥を晒し続けるという一点で、信長は価値を認めていた。

高天神城はそのままだった。一応、戦《いくさ》は続いており、攻めかかれば、城兵は応戦してくる。自棄《やけ》を起こして打って出ることもしない。さりとて、降伏も受け入れてはもらえない。宙ぶらりんの状態で年を越し、天正九年（一五八一）に入った。

ここ横須賀城の櫓からの眺望は絶景であった。南には広々と遠州灘が広がり、北東の方角には、純白の富士山頂が望まれた。

「我らが降伏を受け入れぬということは、高天神の城兵八百、まさに飢死せよと申すに等しく」

高天神城の攻城指揮官である大須賀康高が、いつもの赤ら顔をさらに月代《さかやき》まで朱に染めて叫んだ。寒い季節だ。息が白く見える。

寒そうに両手を揉んでいた家康は、康高から視線を逸らし、援けを請うように両家老──酒井忠次と石川数正《いしかわかずまさ》を見つめた。

「五郎左衛門《ごろうざえもん》（康高）、貴公も存じておろう。降伏を受け入れぬのは、右大臣家からのたっての御要望じゃ」

と、数正が困惑する主人に助け船を出した。ただ、事実は「御要望」などではない。有り体に言えば「命令」である。

康高は数正の言葉を無視し、家康への直訴を続けた。

「高天神に籠っておるのは、甲州《こうしゅう》侍にあらず。城将の岡部元信以下、多くは遠江侍にござる。遠州は殿の御領地ではございませぬか」

「分かっておるわ。五郎左、ワシにどうせェと申すのか？」

と、家康が声を荒らげた。

家康は、残虐や非道を好む性質《たち》の武将ではない。戦場での采配は苛烈だが、戦後処理などは敵にも温情を示す方だ。なにも好き好んで、もうすでに降参している敵を餓死させようなどと思うものか。それも己が妻子を殺させた男の命令とあればなおさらのことで、彼の苛立ちは無理もない。それでも、康高は高天神城のために節を曲げなかった。

「岡部は潔い漢。必ず腹を切りましょう。長く戦った拙者は断言致しまする。城を落とし、城番の首を挙げる……もう、それで十分ではありませぬか。武士の情けという言葉もございます」

康高は、高天神城攻めの言わば現場指揮官である。この横須賀城築城から六つの砦の普請までを手掛けてきた。その間、幾度か城兵と槍を交え、それなりの犠牲者も出してきたはずだ。しかし、その康高が一番、兵糧攻めでジワジワと絞殺されようとしている城兵の身を案じている。それだけ、城将岡部以下の戦いぶりが、勇猛果敢にして正々堂々としており、敵ながら尊敬の念を抱かせたということだろう。

「殿」

「うん？」

忠次の呼びかけに、家康が振り向いた。

「五郎左の申し様も一理ございます。我が軍勢の過半を占める遠州侍には、親類縁者や朋輩《ほうばい》が高天神に籠っておる者も多い。戦っての討死ならば兎も角、飢死させたとあっては後々、殿の遠州国内での声望にも響くかと」

「降伏を受け入れたとして、信長公にどう申し開きをする？　問題はそこじゃ」

家康の反問に、忠次は目を伏せた。深い考えがあっての発言ではなかったらしい。家康が露骨に落胆の表情を浮かべ、忠次は恥じ入ってわずかに赤面した。

「せめて力押しで城門を破りましょう。城兵らに武士らしい死を賜るべし」

と、康高が懇願した。

「あんな仙人が棲むような山城をどう攻める？　我が方に甚大な被害が出よう」

家康は譲らない。

「及ばずながら、この五郎左、先鋒をお引き受け致す覚悟で……」

「たァけ。誰がどうこうという問題ではねェわ！」

家康の一喝に、座は静まった。

しばらく沈黙が流れた。冬の遠州灘の潮騒が耳に優しかった。

「岡部は……」

沈黙を破って、数正が口を開いた。

「足軽小者に至るまで、城兵全員に署名させた援軍要請を甲府《こうふ》の勝頼の元へ送ったやに聞きまする。それでも勝頼は動かぬ。呆れたものよ」

「勝頼めは、ワシに対しては喧嘩腰だが、信長……否、右大臣家に対しては宥和策を持って相対しておる」

去年の三月、勝頼は、織田家からの人質である「信長の五男信房《のぶふさ》」を無条件で安土《あづち》に戻した。信房を通じて、織田家との和議に期待しているようだ。

「と、なれば……右大臣家を刺激せぬよう。高天神城への援軍派遣は、控えるであろうなァ」

と、家康が冷笑した。

「勝頼は来ませぬか？」

「奴は、来ん」

家康が数正に断言した。

「されば取りあえず、こうしてはいかが？」

先ほどは主人を落胆させた忠次が、名誉挽回とばかりに、次善策を提案した。

四

墨を流したような闇の中、茂兵衛は急勾配の道を喘ぎながら上っていた。今宵は比較的に暖かく、坂道が凍りついていないのは幸いだった。

すぐ目の先で、白いものがひらひらと揺れ、茂兵衛に進むべき道を示してくれている。夜間行軍の目印とするため、先頭をゆく丑松は三寸（約九センチ）四方の白布を当世袖に括りつけている。茂兵衛も肩の辺りに白布を付け、後続の配下たちにも皆同じようにさせた。

陣地に残した留守番の槍足軽十名を除く九十名で山道を上っている。息が弾むが、高天神城の西に連なる尾根筋に出るまでの辛抱だ。夜目の利く弟を、平八郎が貸してくれたのは有難かった。丑松の目さえあれば、迷う心配はない。

「うわァ」

後方で悲鳴が上がった。灌木《かんぼく》を薙《な》ぎ倒しながら、重い物が転がり落ちる鈍い音が伝わる。誰かが足を滑らせたのだろう。

「たァけが……」

思わず舌打ちしてしまった。

悲鳴は城兵にも聞こえたろう。隠密行動で忍び寄り、鉄砲を浴びせかけて敵の度胆を抜く——そんな目論見は外れてしまった。もし今のが鉄砲足軽だったら、鉄砲は壊れなかったろうか？　その者は無事だったろうか？　足でも折っていなければよいが？　色々なことが頭を巡り、茂兵衛は闇の中で大きく顔を顰《しか》めた。

「兄《あに》ィ？」

前を行く白布が動きを止め、丑松の長閑《のどか》な声が聞こえた。

「あ？」

「止まるか？」

「ああ、少し休もう」

「分かった」

「おい彦左、調べて報告せよ」

「はッ」

彦左衛門とは、すでに五年も一緒にやっている。互いに姿は見えないが、声だけで意思の疎通は十分に可能だ。人付き合いという点で、まだまだ未熟な彦左だが、肚が据わっているだけに、戦場での咄嗟《とっさ》の判断や指揮ぶりは信頼できる。滑落したのは藤兵衛《とうべえ》という若い鉄砲足軽で、大きな怪我はなさそうだ。鉄砲の機関部も一応正常に作動するらしい。

「銃口から木っ端や泥が入ってねェか、槊杖《さくじょう》で突いてよく確認させろ」

「はッ」

異物が詰まっていると発砲時に銃身が破裂しかねず、とても危険だ。火皿から口火が伝わる細い穴も詰まることがあるが、その場合はそもそも発火すらしないので危険はない。五十挺での斉射のつもりが、四十九挺の斉射になるだけだ。

「辰蔵」

「はッ」

「おまん、槍足軽二十率いて先行せい。堀切の縁に陣地を確保、俺らの到着を待て」

「委細承知」

茂兵衛たちの接近に気づいたからには、城兵が堀切の際まで出て来るかも知れない。闇の中で待ち伏せされたら、鉄砲足軽は無力だ。二十人の槍足軽と、経験豊富な辰蔵に、鉄砲隊の安全を確保させる必要があると判断したのだ。

「辰蔵、丑松を連れて行け。それから符丁《あいことば》を忘れるな」

「はッ」

今回の符丁は「空」と呼びかけ「雨」と応えることに決めている。

「本多主水、先頭へ立て」

足軽小頭の本多主水は、丑松ほどではないが夜目が利く。丑松を辰蔵隊に貸し出した後の道先案内は主水に任せることにした。

ヒョウ。ヒョウ。

眼下に静まる闇から、幾つもの炎が浮かび上がり、山頂に黒々と静まる城内へと消えていった。善四郎の弓組が中心となって、昼夜兼行で火矢を城内へ射込んでいる。茂兵衛組が奇襲をかけるということで、自重していたのだろうが、坂を転がる藤兵衛の悲鳴は、麓《ふもと》の善四郎にまで聞こえたらしい。

城攻めに火矢はとても有効な武器だ。城兵側は、身を隠して「矢が当たらなければそれでよい」では済まない。火が点《つ》けばその場で消さねば火災となるから、気の休まるときがないのである。

同時に、尾根筋に鉄砲隊を上らせ、堀切越しに、城内へ銃弾を撃ち込ませる。ただでさえ兵糧不足に苦しむ城兵は、鉄砲の音に怯え、火矢の炎を警戒しつつ、益々消耗していくだろう。その挙句に自棄を起こし、城門を開けて押し出して来てくれればしめたもの——徳川側としては、正々堂々と殲滅《せんめつ》すればよい。これすべて、家老酒井忠次の提案である。

「まるで、穴に隠れた兎を燻《いぶ》り出すような策だがや」

徳川家の武将たちの多くが、この筆頭家老渾身の「嫌がらせ戦法」に眉をひそめた。

武将の採る戦法には、趣向というか性癖のようなものが如実に表れるものだ。

武田信玄《しんげん》、織田信長は相手を嬲《なぶ》り殺しにする。敵の嫌がる箇所をネチネチと攻め立てるのが——語弊はあろうが——「好き」であった。毛利元就《もうりもとなり》や売り出し中の羽柴秀吉《はしばひでよし》は外連味《けれんみ》が強く技巧好き。上杉謙信《けんしん》や家康はむしろ真っ向勝負を好んだ。酒井忠次は、さしずめ信玄信長型か。短兵急で真っ向勝負型の大将に、ネチネチと嫌がらせ型の筆頭家老——互いの欠点を補い合い、かなり上手く機能している。

「さして奇抜な策とも言えぬが、有効ではあろう。ま、やってみりん」

と、家康が忠次に許諾を与え、その結果として、茂兵衛たちは今こうして、冬場の闇の山中で大苦労をしているのが経緯だ。

林ノ谷の陣地から二十丈（約六十メートル）ほど上って平らな尾根筋に出た。このまま西へ二町（約二百十八メートル）も痩せ尾根を進めば、高天神城の西の丸である。ただ、その間には幾つもの深い堀切が穿ってあり、柵や土塁もあり、簡単には辿り着けない。

「空」

「雨」

闇の中から、押し殺したような辰蔵の声が返ってきた。

「城内の様子はどうか？」

「静まっておりまする。咳《しわぶき》一つ聞こえませぬ。ただ……」

「ただ？」

「堀切の先の柵の陰には、確かに多くの城兵が潜んでおります」

「気配か？」

「御意ッ」

辰蔵は百戦錬磨の士だ。彼のぶ厚い胸板は、硝煙と血飛沫《ちしぶき》、敵の断末魔の声からできている。彼が「いる」というなら、確かにいるのだろう。

「堀切の先だな？」

「はい」

「堀切の深さは？」

「凡《おおよ》そ、四丈（約十二メートル）ほどかと」

「深いな……彦左、小頭以上をここに集めろ」

「承知」

彦左が、闇の中へと機敏に消えた。呼吸を十もするうちに、続々と兜武者たちが集まって来た。

「ええか。五組五十挺の鉄砲隊を二つに分け、二十五挺ずつの二列横隊を敷け。

堀切の手前から城内に向け、交互に二回ずつ撃ち込む。斉射は都合四回だ。それ以上は撃たん」

三人の寄騎と八人の小頭、それに応援の丑松が、円《まる》く茂兵衛を囲んで片膝を突き、お頭の言葉を一言も聞き漏らすまいと、全身を耳にしている。

「撃ち終わったらとっとと逃げ帰る。退却の折、先頭の指揮は彦左が執れ。丑松、彦左の目となれ。鉄砲の一番組から順に山を下りる。急ぐことはねェ。転ぶな。慎重に下れ。槍隊の三十名は殿軍だ。堀切の先には城兵がおる。鉄砲隊が退けば、奴等は押し出してくるやも知れん。幸い堀切は深さが四丈もある。奴等も上り下りには苦労するさ。槍隊は、鉄砲隊が逃げきるまで、堀切の際に踏み止まって戦う。一歩も退くな。俺が指揮を執る。左馬之助と辰蔵は常に俺の側にいろ」

まずは、虎の子の鉄砲隊を無事に逃がすことだ。槍足軽の補充は容易だが、鉄砲と射手の補充には苦労させられる。

痩せ尾根を半町（約五十五メートル）ほど東へ進むと、深い堀切の縁に出た。

対岸に立てられた柵がぼんやりと見える。

身を乗り出して覗き込んだが、堀切の底は真っ暗でなにも見えない。

「辰、四丈って……下りてみたんか？　ここからでは底が見えんぞ。おまん、適当ゆうたらあかんがや」

と、小声で辰蔵に不満をぶつけた。

「小石を投げてみたのよ。底に落ちて音がするまでの間で、大体の深さは分かるだら？　石を投げて深さや距離を測る……夜戦《よいくさ》の心得だがね」

「ま、まあな」

忘れていたが、辰蔵は自分より幾倍も賢いのだ。この程度の自分が足軽大将に納まり、辰蔵はやっと三番寄騎である。不公平だと彼は思わないのだろうか。運命を呪わないのだろうか。ところが、むしろ辰蔵は茂兵衛に感謝さえしているようだ。

（どうなっとるんだら？　世の中も、辰蔵も、わけ分からんがね）

ふと、反対側から強い視線を感じた。おそらくは左馬之助だろう。茂兵衛のことをジッと睨んでいる。三番寄騎と朋輩《ほうばい》のように話す物頭を小馬鹿にして、冷笑しているのに相違ない。

——なぞと気を回している場合ではない。ここは戦場だ。戦に集中せねば。

五

高天神城の方角、東の空が薄《うっす》ら明るくなっている。夜明けは近い。

茂兵衛は小声で命じて、五組五十人いる鉄砲足軽を二十五人ずつ二列横隊で、堀切に沿って並ばせた。

「彦左、堀切の対岸の柵の根元を狙わせろ」

「承知。目標、対岸の柵。根元を狙え」

「火鋏《ひばさみ》を上げて火蓋《ひぶた》を切れ」

「火鋏を上げよ。火蓋を切れ」

茂兵衛が命じると、彦左が復唱した。

カチカチカチ。カチカチカチ。

五十挺の鉄砲の火鋏が起こり、火蓋が前方へと押し出された。これで引鉄を引けば発砲となる。敵城の柵に銃弾を集中させるのだ。できれば柵を打ち倒したいが、夜中に銃撃を浴びせて敵の胆を潰す、それでも夜襲の効果は十分だ。

「第一列、狙え……放て！」

茂兵衛の命を受け、彦左が大声で号令した。

ドンドンドン。

周囲の木々から、眠りを破られた鳥たちが一斉に飛び立った。

二十五発の鉛弾が、わずか四半町（約二十七メートル）の近距離から放たれ、炸裂したのだ。夜目にも、柵が大きく揺らいで見えた。

「第一列、一歩下がって弾を込めよ。第二列、前へ。狙え、放て！」

ドンドンドン、ドンドンドン。ドンドン。

腕自慢が揃う一番組と二番組が基幹となる第一列より、第二列目の斉射は若干不揃いになった。鉄砲の一番組から五番組を比べると、どうしても上手い射手は一番組、二番組に集まりがちなのだ。

だが、下手糞が撃っても、鉛弾の威力は変わらない。柵の横木の幾本かが、大きな音を立てて脱落した。

「第二列、下がって弾を込めよ。第一列、前へ。狙え。放て！」

ドンドン。

前回以上に揃った斉射である。ほとんど一挺か二挺の鉄砲を撃ったように聞こえる。足軽たちもよほど気分が乗っているのだろう。

柵の横木がさらに弾け飛んだ。

「第一列、彦左衛門の指揮で退け。第二列、前へ」

「お頭……ほんじゃ、俺、退きます」

「おう、ゆっくり下りろ。慌てて転ぶな」

「はい」

と、応じて彦左は駆け去った。

「第二列。放て！」

ドンドンドン、ドンドンドン。

第二列の斉射も大分揃ってきた。指揮官の茂兵衛としては、隊の技量向上のためにもう少し続けたいところだが、今はもう退き時である。

「第二列、第一列に続いて退け！　槍隊、前へ！」

ここからは槍隊の出番だ。鉄砲隊が退くまで、時を稼がねばならない。

「富士之介、三十郎、松明《たいまつ》だ！」

「はい旦那様！」

かねて命じておいた通り、二人は数本の松明を抱えて上ってきていた。火打石で乾燥させたダケカンバの樹皮に点火し、火口《ほくち》としてから、改めて松明に火を点《とも》した。十分に火勢が増すのを待ち、三本の松明を堀切の底へと投げ入れた。

思った通りだ。松明の灯りが、五十人ほどの城兵が堀切の底から這い上がってくる姿を浮かび上がらせたのである。撤退する鉄砲隊の最後尾に嚙《か》みつき、一矢報いてやろうとの城兵たちの反攻だ。

「辰！」

「おう？」

「おまん、十人率いて、尾根の脇の繁みの中に潜んどれ。敵が押して来たら、横から槍衾《やりぶすま》で突っ込め。一々止めは刺さんでもええ。反対側の崖に突き落とせ。それで十分じゃ」

「委細承知！」

辰蔵が、足軽の一隊を率いて姿を消した。

「ええか槍隊。ここは正念場だがや。首は獲るな。討ち捨てにせよ。首を欲張った奴ァ、俺がただじゃ済まさねェぞ。ケツの穴に大根突っ込んでやる！」

周囲の足軽たちから、下卑た陽気な笑い声が上がった。これなら大丈夫。兵たちの士気はすこぶる高い。殺し殺される戦いを前にしての覇気は、仲間と共に戦える喜びからのみもたらされる。日頃から同じ足軽長屋に住まい、少ない給金で、味噌や米の貸し借りまでしながら暮らしている仲間たちへの無限の信頼だ。

　そして、その頂点に座るのが茂兵衛自身である。もしお頭が「威張りくさった嫌な野郎」だったら、こういう頼もしい雑兵たちは育たない。逃げることばかり考える奴、自分の利得のみを考えて首を獲ろうとする奴——そういう者たちを人は弱兵と呼ぶ。

（俺ァ、ちったァ自慢に思っていいのかもなァ）

　と、面頬《めんぼお》の奥で少し微笑んだ。

　通常、坂の上と下とで戦えば、上方にいる方が有利だ。しかし、下から来る敵は兜か鉄笠を被っているのに対し、味方の足軽は具足の草摺《くさずり》から下はほとんど無防備だ。こちらの突き出す槍は鉄笠に阻まれ、敵の穂先はこちらの足を易々と貫くだろう。

　さらには暗さだ。上方の兵は黎明《れいめい》の空を背景にし、下方の兵は堀切の闇を背負っている。総じて、堀切の際で、上と下とに陣取って戦うのは、こちらが不利と判断した。

「この場で二列横隊。槍衾を作れ」

一旦、城兵を尾根にまで上げよう。その上で槍衾で突っ込み、敵を堀切の底に突き落とす策だ。崖を上ってくる城兵の上から仲間が転がり落ちてきて大混乱に陥るだろう。上手くすれば、そのまま柵の内へ逃げ戻ってくれるかも知れない。

二十人の男たちは、槍を構えたまま只管《ひたすら》待った。

堀切の底から、敵が這い上ってくる気配が伝わる。誰かがゴクリと固唾《かたず》を飲んだ。

「乱戦になったら、同士討ちに気をつけろ。肩の白布と符丁で敵味方を見分けるんだ、『空』と問うたら『雨』と応える。ええな?」

「おう」

二十人ほどの男たちが低く声を合わせた。

(もっとも、乱戦には持ち込まん方がええ。相手は五十人からの多勢だ。乱戦になれば結局、数で圧倒される)

集団のまま槍衾で突っ込み、その後は隊形を保ったまま六間(約十一メートル)退く。敵が押し出して来れば、辰蔵が横槍を入れてくる。

(その上でもう一度、槍衾を突っ込ませる)

幾人かの城兵が、堀切から尾根筋へと姿を現した。薄明の東の空を背景にしているから、城兵の輪郭《りんかく》が浮かび上がる。

（こ、子供か？）

違和感があった。槍こそ提げているが、ひょろひょろと手足ばかりが長く、十四、五歳の少年に、大きめの甲冑《かっちゅう》を着せた印象だ。

（見かけが変わるほどに瘦せ細ってるわけか？　そこまで、飢えとるのか？）

「左馬之助」

「はッ」

「二人ほど連れて、城兵を一人捕虜《とりこ》にしろ。なんなら骸《むくろ》でも構わん」

「む、骸を、なぜ？」

「俺に思案がある。ええから、言う通りにしてくれ」

「はッ」

ここでさらに反問するようなら、仇討ち云々の前に、今後左馬之助は危なくて使えない。ま、一応は素直に従ってくれたようだが。

「よし。槍衾、突っ込め！」

尾根へ上ってきた城兵の数が、三十名ほどになったのを見計らい、茂兵衛は攻撃を命じた。

槍衾の突撃は、戦国最強だ。茂兵衛自身、幾度も殺されかけた。鉄砲隊に狙われただけで総崩れになる部隊は少ないが、槍衾の突撃に瓦解した部隊は多い。何故か鉄砲とは異次元の恐怖を感じる。生身の人間の怒気、殺意が、尖鋭な槍の穂先に乗って突っ込んでくるからだろうか。なにしろおっかない。

尾根に上がった三十名の城兵の内、十人は堀切の中へ飛び下り、十人は突き殺され、十人だけがまだ立っていた。

残った十人を、この場で倒すことも考えたが、後から続々と上がってこよう。

「槍隊、槍を構えたまま、六間(約十一メートル)退け!」

茂兵衛の槍隊が退くと、敵は槍の穂先を揃え、鬨《とき》を作って追撃してきた――注文通りだ。

傍らの繁みから辰蔵隊が湧き、敵を尾根の反対側の谷へと突き落とした。これで痩せ尾根での敵の反攻はほぼ終息した。残りの城兵は、柵の内側へと戻ったようだ。

「本多主水、先頭に立って下れ。殿軍は辰蔵だ。よし、退くぞ」

ふと気づけば、周囲の足軽たちの顔が、木立の中でも薄らと見える。もう夜明けだ。本多主水の夜目は要らぬかも知れない。

本日の茂兵衛隊の損害は、転んだ藤兵衛が足首を捻《ひね》っただけであった。ほぼ完璧な勝ち戦に、足軽たちは陽気に冗談を言い合っている。

反対に、茂兵衛と三人の寄騎は、左馬之助が運んできた敵の骸を前に、渋い顔を見交わしていた。

「腹を裂いて、胃の中を調べろ」

「し、しかし……」

倒した敵の骸から首級を切り取る行為は、言わば戦場の作法であり、倫理的な後ろめたさは感じない。ただ、遺体の腹を裂く行為は、戦場の作法とは言い切れず、死者に対する冒瀆のような気がするのだろう。

「では、俺がやるか」

と、茂兵衛が脇差を抜きかかるのを辰蔵が止めた。

「手前がやります」

辰蔵は、茂兵衛がこの手の作業を苦手とすることをよく知っている。野場城《のばじょう》の頃、折角敵の兜首を挙げながら、首級を獲ることを躊躇《ためら》ううちに、他の同僚足軽に首を獲られてしまったほどだ。ま、その兜武者の倅が、今ここにいる横山左馬之助であるわけだが。

「空《から》にございます。胃の中にはなにも入っちゃいません」

と、辰蔵が脇差を晒《さらし》で拭きながら報告した。城将岡部の矢文にあった通り、高天神城の兵糧は尽きかけているようだ。

「丁重に、葬ってやれ」

と、富士之介に命じ、心中でナンマンダブを三度唱えた。

六

茂兵衛隊は、同様な攻撃を幾度も仕掛けた。

善四郎隊は、倦《う》むことなく火矢を射込み続けた。

それでも高天神城は落ちない。徳川勢の侵入も許さぬし、自分の方から打って出ることもしない。勿論、降伏は徳川側が受け入れない。戦線は膠着したままさらに二ヶ月《ふたつき》が過ぎた。

昼間は汗ばむ陽気の日も増えたある日。夕刻に城内を窺っていた辰蔵が「いつもより、炊事の煙が多いような気がする」と言い出した。

「まさか奴ら、打って出て来る気ではあるめいなァ」

もしそうなら、当然死を覚悟の斬り込みだろう。最後の食事となれば、残った兵糧を使い切るはずで、竈《かまど》の煙が増えて当然だ。茂兵衛は、その旨を上役の大久保忠世の陣に報告した上で、己が鉄砲隊に厳重な警戒を命じた。

「お頭」

辰蔵が口を寄せてきて耳打ちした。

「平八郎様と善四郎様にも一言、注意を促されてはいかが？」

「おお、そうだ。辰、おまん、一っ走り頼むわ」

「承知」

と、辰蔵が走り去った。

「ま、今夜打って出て来るのはええとして。あえて、ここには来んでしょうな」

彦左が茂兵衛を見ながら自嘲した。

「なぜよ？　なぜ、ここには来んの」

「ここは城の裏手ですら。どうせ死ぬなら大手門を開いて華々しく打って出るのでは？　死に花を咲かせたいのが人情ってもんですがね」

「ほうか、そんなもんかい」

「大手門なら本多平八様や榊原小平太様、綺羅星の如き名将が犇《ひし》めいておられる。その点、この辺りは、大久保の兄とか、御免なさい。お頭とか……こう言ってはなんですが、地味に過ぎましょう」

「た、たァけ」

身も蓋もないことを言われて少し力が抜けた。

「拙者は……」

いつもほとんど喋らず、今日も押し黙っていた左馬之助が急に口を開いたので、茂兵衛と彦左は驚いて彼を見た。

「案外、ここに来ると存じまする」

「ほう、どうしてよ?」

寡黙な男の発言――茂兵衛は興味を覚え、身を乗りだした。

「我らは、散々鉄砲を城内に撃ち込みましたからな」

確かに城兵にとって、茂兵衛の鉄砲隊は恨み骨髄だろう。城の上から見ていて『あの鉄砲隊だきゃ許さん』『地獄の道連れにしてくれるがや』などと考えているかも知れない。左馬之助が、そんな考えを披露した。

（なるほど、ねェ話ではねェなァ）

「今日は二十二日か……月の出は亥《い》の下刻（午後十時頃）辺りだら」

「夜襲なら、月のない宵の口に攻めて来ましょうな」

彦左の考えに、茂兵衛は首を振った。

「そうとは限らねェ。夜襲といっても、奴ら、戦果を期待して攻めてくるわけじゃねェ。おまんの言う通り死に花を咲かせたいだけよ。むしろ月が上ってから出て来るやも知れんな」

「寝込みに突っ込んでくるとお考えで？」

「うん。彦左、柵の虎口《こぐち》に十分な人数を配せ。鉄砲足軽には、寝る時も火種を絶やさぬように申し伝えろ」

「亥の下刻が要注意ですな？」

「や、そこは伏せとけ。確信があるわけじゃねェ。日が暮れたらずっと警戒だ」

茂兵衛の言葉が終わらぬ内に、会釈した彦左が駆けだした。

気づけば、左馬之助と二人きりになっている。

（しまった……彦左ではなく、左馬之助を遣るんだった）

沈黙は気詰まりを深めるばかりと思い、無理に茂兵衛の方から口を開いた。

「確かに、奴ら、ここへ来るやも知れんな。よう思いついてくれた」

「いえ……では手前はこれで」

「うん」

軽く一礼し、左馬之助は歩み去ってしまった。

（やりにくいね、どうも）

と、心中で嘆息を漏らした。

「旦那様！」

囲炉裏の前で、うつらうつらしていたところへ、血相を変えた三十郎が顔を出した。

「て、敵襲にございます！」

天正九年（一五八一）三月二十二日、亥の下刻。

城将岡部元信以下の高天神城兵およそ八百は、搦《から》め手《て》城門を開き、一斉に打って出た。急斜面を駆け下り、城の西方、林ノ谷に駐屯していた大久保忠世麾下の各隊陣地に殺到したのである。中でも茂兵衛の鉄砲隊と善四郎の弓隊に敵の攻撃は集中した。横山左馬之助の読みは的中したのである。

茂兵衛は、寝小屋を走り出ると、陣地防衛のため矢継ぎ早に命令を下した。

「鉄砲一番組、二番組は虎口の内に放列を敷け。左馬之助、虎口の指揮を執れ。敵を柵の内に入れるな」

「承知」

左馬之助は馬上筒の名手で、鉄砲の知識が豊富だ。その腕前は、茂兵衛の右肩がよく知っている。最前は敵の来襲を予見し、勘も冴えている。本日に限っては、一番大事な虎口を任せるのは彼だと直感したのだ。

「鉄砲の三番組から五番組は、号令を待って斉射する必要はない。各自の判断で柵を乗り越えようとする敵を狙い撃て。辰蔵が三組を束ね、指揮を執れ」

「心得た」

この持ち場は臨機応変が要諦。目端と融通の利く辰蔵なら、指揮官として最適格者だ。

「槍の一番組、二番組は俺に付いてこい。槍の三番組、四番組は彦左の元へ集合。彦左、柵が破られそうな場所に急行して撃退せよ！」

土塁上の柵の丸太は、深々と土に埋め込まれていて堅牢である。が、横板は、丸太に縛り付けてあるだけだ。敵の一隊が縄を切り、横板を外しにかかっているのが目に入った。

「槍一番組、二番組、続け！」

茂兵衛は、槍隊を率い、危うくなった柵に向け駆けだした。

――陣地内は混乱の極みではあるが、敵襲に備えていてよかった。周囲の足軽を見回す限り冷静だ。茂兵衛隊の組織は、かろうじて機能を保っていた。死を覚悟した城兵たちの気魄《きはく》はもの凄く「憎き鉄砲隊に一矢報いん」とばかりに、丸太の柵に取りすがり、よじ上る。

しかし如何せん、茂兵衛の鉄砲足軽たちは、北遠江の山中で繁みの中を駆け回る小動物を撃ってきた鉄砲達者揃いだ。据え物でも撃つかのように、易々と城兵たちを撃ち落としていった。

栄養十分で体力横溢《おういつ》の鉄砲隊と、長きに亘る兵糧攻めで痩せ衰えた城兵の激突だ。勝敗は初めから分かっている。気合で突っ込んできた緒戦は兎も角、次第に力量の差が現れてきた。

やがて、背後から大久保忠世の本隊が襲い掛かり、城兵側は万事休すとなった。

「左馬之助、辰蔵、鉄砲隊を束ねろ。彦左、槍隊は柵を出て戦ってええぞ。存分に手柄を立てさせろ！」

槍隊の面々は歓声を上げ、柵の外へと打って出た。首級は獲るな、討ち捨てにせよ——との命令は、よほどの重大局面でのみ許される。安易に発してはならない特殊な命令だ。兜首を挙げねば、雑兵たちに出世の機会はない。士気にかかわる。

茂兵衛も槍隊を率いて柵の外に出た。あちこちで剣戟《けんげき》の音がする。見れば、彦左が大柄な兜武者と渡り合っている。半月の立派な前立に、色々縅と見える毛引縅の当世具足——さぞや名のある武将なのだろう。

「あ、危ねェ！」

茂兵衛は思わず叫んだ。

半月兜の槍の柄で足をすくわれた彦左が、ドウと倒れたのだ。

瞬間、団栗眼の上役の顔が脳裏に浮かび、思わず茂兵衛は駆けだしていた。

半月兜が繰り出す鋭い槍の穂先を、彦左は左右に転がりながらなんとか避けている。

「助太刀！」

そう叫びながら駆け寄ると、水平に槍を振り回し、半月兜を薙ぎ倒した。敵は簡単に転がり、無様に足を投げ出してみせた。大した相手ではない。このまま股座をえぐって討ち取ることも容易だが、一応は彦左の獲物だ。

「す、助太刀感謝……あ、お頭？」

「ほうだら。疾《はや》く討て。突き殺せ。手柄にせい」

「い、嫌だ！　上役の情けで手柄を立てたと笑われる」

「な……」

彦左の意固地ぶりに怒りが込み上げた。怒鳴りつけようとした刹那、半月兜がよろよろと立ち上がった。

「おまんは寝とれ！」

怒りに任せ、槍の柄で兜の上から強《したた》か殴りつけた。

「グッ」

と、低く呻いた半月兜は崩れ落ち、動かなくなった。手応えで分かる。おそらく首の骨が折れたのだ。

「そ、そいつ……岡部ですぜ。岡部丹波守《たんばのかみ》元信。高天神城代の……今、俺にそう名乗ったから」

「え、ほんまか？」

驚いた。敵の城将の首を獲れば一番手柄は間違いない。

「彦左、早う首を獲れ！」

「嫌です！　お頭が倒したんだら」

「たァけ。一番手柄を挙げれば、文句なくおまんは足軽大将になれるがや」

「ならんでええ。他人の力を借りんでも俺は自力で足軽大将になる」

「たァけが、ガキのような意固地を申すな……知らんがや。勝手にせェ」

と、彦左と岡部の骸に背を向けて走り出した。

「ええ、勝手にさせてもらいます。おい主水、こいつはおまんにやる。首を獲って手柄にせェ」

どうやら、本多主水に手柄を譲る気らしい。

（まったく、どいつもこいつも、俺の言うことを聞きゃしねェ。可愛げのないたァけどもが！）

と、新たな敵を探して駆け回りながら心中で毒づいた。

うたた寝しているところを急に起こされ、そのまま戦に突入したので、小便が溜まっていた。茂兵衛は一人灌木の繁みに向かい、用を足すことにした。

小便しているところを襲われるのは御免だ。周囲を見回したが、敵の姿は見えない。安心して具足下衣《したころも》の股座を割った。

具足下の股座は縫い合わせていない。襞《ひだ》を大きくとって普段は見えないように工夫してあるが、襞を手繰ればそのまま袴《はかま》を脱がずに用が足せた。

(糞……こういう時に限って長々と……まるで馬の小便だがや)

その時──小便がピタリと止まった。止めたのではない。止まったのだ。

(は、背後に人がおる)

ものすごい殺気が、茂兵衛の背中を刺し貫く。間違いなく敵だ。

(槍を拾う暇はねェら)

珍宝を仕舞う間もなく、そのまま腰の打刀を抜いて向き直った。

三間(約五・四メートル)彼方から、茂兵衛に銃口が向けられていた。その射手は──

「さ、左馬之助!」

面頬の奥でニヤリと目が笑った。左馬之助は父の仇討ちを忘れてはいなかった。その機会をジッと待っていたのだ。

この距離で六匁筒《ろくもんめづつ》を撃たれれば、甲冑はまったく役に立たない。さらには左馬之助の腕だ。万に一つも撃ち損じはあるまい。茂兵衛は観念した。

(寿美は三度寡婦《みたびかふ》になるのか……なんとも申し訳ねェことだがや)

この十七年間で二百人以上も他人様の命を奪ってきた茂兵衛である。今さら己が命が惜しいとは思わないが、残してゆく妻には、正直すまないと思った。

面頬の奥で、左馬之助の両目が光った。

(来る！　ナンマン……)

ダーン！

思わず瞑目《めいもく》した。

チューン。

おそらくは鉛弾が、耳元をかすめた音だ。

撃ち損じたのだろうか？　この距離で撃ち損じる？　左馬之助が？　あり得ないと思った。

ドサッ。

背後で重い音がした。

火薬の香りが鼻腔をくすぐった。確実に自分はまだ生きている。茂兵衛は、ゆっくりと目を開いた。左馬之助の鉄砲の銃口からは、まだ白煙が漂っていた。

「お、おまん……」

そう呼びかけると、左馬之助はわずかに顎をしゃくった。

振り返って見れば、今まで用を足していた繁みの中に、刀を手にした兜武者が仰向けに倒れている。左馬之助が放った六匁（約二十二・五グラム）の鉛弾に、脳天を撃ち抜かれたようだ。

「お頭ッ！」

大きな声がして、鉄笠をかぶった足軽が、飛びついてきた。

「あ、危のうございましたなァ。ご無事で？」

よほど心配だったのだろう。不躾にも、茂兵衛の手足や体を丹念に叩いて調べ始めた。

「おまん、藤兵衛か？」

「へい！」

名を呼ばれた足軽が嬉しそうに頷いた。藤兵衛は以前、尾根に上って夜襲をかけた折、坂で足を滑らせた粗忽者《そこつもの》の鉄砲足軽だ。

「こら、鉄砲足軽がなんで柵の外にまで出張ってきてやがるんだ？」

自分の命も大事だが、ここでは指揮官としての自覚が勝った。鉄砲と鉄砲足軽は代えが利かない貴重品だ。危険な柵外に出てきては困る。

「や、小頭のお許しが出てます。兜首でも挙げて、手柄を立てろって。鉄砲は陣地内に置いてまいりました」

　足軽大将から叱られ、慌てた足軽の弁解を聞きながら、茂兵衛は横目で左馬之助の様子を窺った。しかし、彼はすでに姿を消していた。

「ほうかい。ならば、しっかり稼げ。取り敢えず、あの兜武者を貰い首したらどうだら」

と、繁みの中で大の字になって倒れている兜武者に顎をしゃくった。

　それにしても――

　左馬之助は、足軽が駆け寄るのを見て、狙いを茂兵衛から敵の兜武者に変更したのだろうか？　初めから敵を狙っていたのだろうか？

（野郎は本当に仇討ちを諦めたのか？　それとも本心ではまだ俺のことを狙ってやがるのか？　魂胆が読めねェ）

　ふと見上げると、山頂の櫓に炎が見える。徳川勢が空になった城に乱入し、火を放ったようだ。

　天正元年（一五七三）以来、武田と徳川が争奪戦を繰り広げてきた高天神城は今、徳川の手に戻った。この因縁深い堅城は家康によって廃城とされ、その後二度と再建されることはなかった。

第二章　甲斐下山、穴山氏館《あなやましやかた》

一

天正《てんしよう》十年（一五八二）二月六日。寿美は浜松《はままつ》の屋敷内で女児を出産した。

取り上げた産婆は——

「お美しいお嬢様ですよ。奥方様似ですねェ」

と、厳《いか》つい茂兵衛の顔を見て笑ったが、どうしてどうして——産婆は知らんだろうが、植田家の女たちは、意外にどれも美女揃いなのだ。茂兵衛の顔だけを見て「母親似」と決めつけるのは早計だろう。

その寿美は、今年で三十になる。初産としてはかなりの高齢だ。産後の肥立ちを心配したが、そこは持前の気力と明るさで乗り切ってくれそうだ。

「おまんは、強いなァ」

憔悴して横たわる妻を、枕元から見守る茂兵衛が呟いた。寿美は、疲労困憊の態《てい》だが、一大事業を成し遂げた後の満足感が、顔に表れている。まだまだ寒い時季で、気遣った茂兵衛は、火鉢を寿美の方へと押しやった。

「なんの。こう見えて手弱女《たおやめ》にございますのよ。旦那様に支えていただかねば、ポキリと折れてしまいます」

「そんなこたァねェよ。俺の方こそ、おまんに支えられてる。感謝してるんだ」

母子共に健康。まずは祝着《しゅうちゃく》だ。

「名は考えたのか？」

タキを連れて祝いに訪れた辰蔵が訊いた。

「や、まだだ。親不孝ばかりしてきたから、植田村の両親に名づけて貰おうと思っとる」

もしこれが男児だったら、大久保忠世か本多平八郎辺りに頼むところだが、女児ではあるし、身内への配慮を優先させることにした次第だ。

「でも、だったら……」

タキが、遠慮がちに自説を述べた。

「寿美様のお母様は、旦那様を亡くされ、女手一つで寿美様と善四郎様を育てられたのでしょ？　折角なら松平のお母様に付けていただいたら？」

「そりゃええわ。舅姑《きゆうこ》を尊重し大事に扱う……家庭円満の秘訣だがや」

と、辰蔵が女房に同調した。

「ほうだのう。それもええのう」

「きっと喜ばれますよ。お母様も、寿美様も」

タキが笑顔で頷いた。タキは辰蔵と暮らし始めてから、また健康的にふっくらとしてきた。よい伴侶に恵まれ、笑顔が絶えず、傍目《はため》にも幸せそうだ。

「兄《あに》ィ」

庭先に丑松が駆け込んできた。緊張の面持ち――口髭の端が微かに震えている。なにかあったようだ。

「あ、安土城《あづちじよう》から早馬が来たがね」

信長から同盟者である家康に、武田領駿河国《するがのくに》への侵攻を促す正式の依頼書が届いたそうだ。

「ほう、いよいよ武田退治かい。十年越しの借りを返すがや」

十年前の元亀《げんき》三年（一五七二）、浜松城北西の三方《みかた》ヶ原《はら》で、徳川勢は信玄の采配の前に、完膚なきまでに叩きのめされたのだ。あれから十年、今や信玄は亡く、形勢は逆転しつつある。

本日は、娘が生まれた吉日である。めでたいことずくめだ。

(今年は春から、縁起がよさそうだ。ええ年になりそうだら)

本心からそう思っていた――この時までは。


直接の端緒《たんしょ》は、木曾《きそ》の小豪族であった。

天正十年（一五八二）一月下旬。信濃《しなの》木曾谷の領主木曾義昌《よしまさ》が、織田方からの調略に応じ、実弟の植松蔵人《うえまつくらんど》を人質として安土城に差し出したのだ。

木曾谷は織田領の飛騨《ひだ》、東美濃《ひがしみの》と境を接する。武田家にとって、西への備えの要であった。義昌は、故信玄の娘を娶《めと》っており――歴《れっき》とした御一門衆である。義理の兄の離反に勝頼は激怒し、討伐軍を木曾谷に送るとともに、義昌の実母など、数名の人質を磔刑《たっけい》に処した。

これを受け、信長は二月三日、遂に武田討伐の軍令を出したのである。

ただ、織田勢はその前から武田征伐の準備を始めていた。

岐阜城《ぎふじょう》を先鋒の森長可《もりながよし》らが発《た》ったのは、二月三日の払暁《ふつぎょう》である。美濃国内を東へ進んだ先鋒隊は、六日には二手に分かれ、木曾口と伊那街道《いなかいどう》から信濃国への侵入を開始していた。

二月十一日には、遠征軍の総大将を務める織田信忠《のぶただ》が、本隊を率いて岐阜城を発った。

ここで想定外の大事件が起こる。二月十六日、浅間山《あさまやま》が四十八年ぶりに大噴火したのだ。赤く染まった空は、五十里（約二百キロ）離れた浜松からもよく見えた。

二月十八日、家康は一万の軍勢を率いて浜松城を発ち、その日のうちに掛川《かけがわ》城《じょう》へと入った。

「なにが、どうなっとるんだら？　北の空が赤いがね」

「これは瑞兆《ずいちょう》だがや。浅間の御山が焼けると、信州《しんしゅう》、甲州《こうしゅう》には白い灰が降り積もる。田圃《たんぼ》も畑も壊滅よ。国衆《くにしゅう》や地侍たちは、領地の復興に気がいって、俺らと戦ってる暇などなかろうさ。この戦、御味方の大勝利間違いなしと見た」

そんな行軍中の足軽たちの会話を耳にしながら、茂兵衛は馬を進めていた。

「おい、こら佐吉《さきち》」

「へいッ、お頭」

事情通の足軽の名が、咄嗟《とっさ》に出てよかった。配下が百人もいると、足軽一人一人の顔と名前が一致しないことも多いのだ。ただ、こういうところが肝腎で、神の如きお頭から、直接に名を呼ばれた足軽は、今後長く茂兵衛の忠実なる支持者となってくれるはずだ。

「おまん、田圃に灰が降る話、どこで仕入れた？」

「へい、手前の家は、爺様の代まで、信州の小諸《こもろ》という村に住んどりまして」

「ふ〜ん、ほうかい」

そこまでで早々に会話を打ち切った。ここも大事だ。あまり雑兵と気さくに話し込むのもよろしくない。茂兵衛の出自が出自だけに「お頭は俺らの同類よォ。大したこたァねェ」と軽く見られる恐れがある。足軽大将という者は「気さくなようで、ぶっきら棒」「威張らず、舐《な》められず」ぐらいが丁度よい。

二月十九日、先鋒として大久保忠世隊が大井川《おおいがわ》河畔に立つ小山城《こやまじょう》を包囲した。茂兵衛の鉄砲隊も張り切って放列を敷いたのだが、三日前の十六日のうちに城兵はすべて退去しており、無血開城となった。

ここに遠江《とおとうみ》国内から武田の勢力は完全に駆逐された。永禄《えいろく》十一年（一五六八）の遠江侵入から足掛け十五年、ようやく名実ともに、家康は三河《みかわ》遠江二ヶ国の太守となった次第である。

同二十日には大井川を渡河《とか》し、駿河国田中城《たなかじょう》を包囲した。田中城では、二俣《ふたまた》城《じょう》攻防戦で茂兵衛たちを苦しめた城将の依田信蕃《よだのぶしげ》――が激しく抵抗して意地を見せたが、家康の本隊はそのまま東へ進み、翌二十一日には、終《つい》に駿府《すんぷ》へと入城した。

家康にとっては、桶狭間《おけはざま》以来二十二年ぶりの駿府であるが、十四年に亘る武田支配は、今川《いまがわ》時代の雅《みやび》な小京都を、無骨な城塞都市へと変貌させていた。尤《もっと》も、岡崎《おかざき》城下と浜松城下以外の都市を知らない茂兵衛は、駿府の美しい街並みと、平石の敷き詰められた往還《おうかん》に圧倒された。「物頭《ものがしら》よ」「足軽大将よ」などと威張ってみても、まだまだ自分は「世間知らずの田舎者」に過ぎないことを実感させられた。

その日の夜。駿府城下の茂兵衛の宿舎に、ひょっこり乙部八兵衛《おとべはちべえ》が姿を現した。驚いたことに、大久保忠世が同道している。

「これは大久保様、それがしの方から出向きましたものを」

と、恐縮して上座に据えたのだが、どうも仔細があってのことらしい。

話すのはもっぱら乙部の方で、忠世は、茂兵衛が出した濁り酒を、黙ってチビチビと舐めているだけだ。

仔細に眺めれば乙部――妙に疲れている。目の下に隈など作り、憔悴した表情だ。

「八兵衛、その面ァいかがした？　どこぞ患ったか？」

「たァけ。ワシの面など、どうでもええわい」

彼は現在、武田方である駿河国江尻《えじり》城主の離反工作を担当しているそうな。

「ま、上役が色々と難しい御仁で、苦労が絶えんのよ」

と、柄にもなく、乙部は切なげに溜息をついた。

「誰だら？　どなたの下についとる？」

「それがな……」

「エヘン」

忠世が、思わせぶりな咳払いをしたので、乙部は黙り込んだ。

チラと忠世を窺ったが、完全に無視された。

(おいおいおい。嫌な雰囲気じゃねェか……俺に聞かせたくねェ八兵衛の上役って、誰だ？)

「その江尻城主というのがよ……」

と、乙部が話を継いだ。

「例の穴山梅雪《ばいせつ》でな」

「あなやま？　ばいせつ？」

どこかで聞いた名だが、不勉強なことで詳細は知らなかった。

諱《いみな》は信君《のぶただ》。母は信玄の姉にして、正室は勝頼の姉――信玄の次女――一門衆筆頭とも呼ばれる武田家屈指の重鎮であるそうだ。現在は江尻城にあって武田家の駿河経営と、小田原《おだわら》北条との外交交渉を担当している。

「ただ、四年前『御館《おたて》の乱《らん》』への勝頼の不用意な介入があったろう。あれ以来、ハッキリと風向きは変わったのよ」

実弟を殺された北条氏政は臍《へそ》を曲げ、武田と北条との付き合いは難しくなった。元は、信玄から外交官として重用された信君である。直情的に動き、微妙な力関係を顧慮しない勝頼に辟易し、一昨年には剃髪して梅雪と号し、家督を一子勝千代《かつちよ》に譲ってしまったのだ。当然「あてつけがましい」と勝頼は激怒し、主従関係は冷めきっている。

「今の梅雪ならこちらへ転ぶ。必ず勝頼を見限る」

と、乙部ら徳川の隠密たちは、穴山家に秋波を送り始めたという経緯らしい。

「ほうかい……知らんかったわ」

馬鹿正直に返したものだから、乙部と忠世が顔を顰《しか》めた。

「これほどの名士が離反すれば『あの梅雪様でさえ勝頼公を見限った』と、武田家内で離反者が続出し、勝頼の命運は尽きるだろうさ」

「なるほど」

「戦《いくさ》もせんで済む。人も馬も死なんで済むがや」

「ほうだら。大事なことだがね」

「そこで、おまんを三河一の漢と見込んで相談がある」

上座で団栗眼《どんぐりまなこ》の侍大将が、乙部の言葉に賛意を示して幾度も頷いた。

(油断のならない狸が二匹……狙いはなんだら？　俺は煽《おだ》てりゃ、なんでもすると舐めてやがる。どうせロクでもねェ相談に決まっとる)

梅雪は、徳川方へ寝返る前提として、兵二百を甲斐《かい》に潜行させ、事実上の人質とされている正室の見性院《けんしょういん》と嫡男の勝千代を奪還する計画を練っているという。

(おいおいおい、大冒険ではねェか)

正室と勝千代は、穴山家領地の甲斐下山《しもやま》にある穴山氏館に軟禁され、監視の兵が付いている。

「浅間山が噴火した上に、西からは織田の大軍が迫っとる。今の甲斐は、混乱の極みよ。奪還には好機だが、監視の兵との間で小競り合いとなるやも知れん。その場合、穴山衆には鉄砲が不足しておっての」

そこで家康は、鉄砲五十の攻撃力を誇る茂兵衛隊を、穴山衆に寄騎《よりき》さす決断を下したそうな。

「お、俺が行くのか？」

「ほうだら。おまん以外に誰がおる」

上座から、団栗眼が黙ったまま幾度も頷いた。

「甲府《こうふ》までどれほどある？」

「江尻からだと、片道十四里（約五十六キロ）」

「そりゃ、御命令とあればどこでも行くが。十八日の出陣以来、俺の組は常に御味方の先頭に立って進んできた。足軽どもは疲弊しており、甲府まで往復二十八里（約百十二キロ）を走らせるのは大変だ。満足な働きはできねェ」

乙部が、忠世を窺った。忠世は乙部に頷き返した。

「実はな。奥方様の侍女に、おまんとの因縁浅からざる女性《にょしょう》がおるのよ」

「に、女性？」

「綾女《あやめ》殿だがや」

さすがに言葉に詰まった。見れば忠世が薄ら笑いを浮かべている。団栗眼はどこまで知っているのだろうか。女の名が出て、狼狽しているところを、上役に見透かされているのがなんとも悔しい。

「なら、なおのこと、俺なんぞが行かん方がええ。綾女殿はたぶん、俺の面ァ見たくねェはずさ」

綾女を最後に見たのは七年前の天正三年（一五七五）だ。掛川城下の人混みでチラと見かけた。その直後、彼女は姿を消したのだ。茂兵衛を避けていることは明らかだった。

それでも、本音を言えば会いたい。

会いたくはあるが——ただ、互いに気まずい思いをするぐらいなら、このまま離れていた方がいいようにも思えた。

「ま、事情はあろうが……」

ここで、団栗眼が口を開いた。

「おまんをワシの指揮から外し、梅雪殿の寄騎とすることを決めたのは、他ならぬ家康公御自身じゃ。のう茂兵衛よ……否は、ねェがや」

ようやく理解した。この一言を申し渡すために今宵、忠世はここへ来たのだ。


翌朝、茂兵衛は乙部と共に、鉄砲隊を率いて駿府城を発った。駿府の北東二里半（約十キロ）にある江尻城で穴山梅雪と会うためだ。

江尻城は、折戸湾《おりどわん》に流れ込む巴川《ともえがわ》河口に立っていた。東西が三町四十間（約四百メートル）、南北が二町二十三間（約二百六十メートル）もある広大な輪郭《りんかく》式《しき》の平城である。駿河湾に突き出た三保半島《みほはんとう》が波除《なみよけ》となり、折戸湾内は常に静穏で、古くから良港となっていた。

築城は十三年前の永禄十二年（一五六九）で、駿河に侵攻した信玄が建てた。武田式築城術の特徴である広い丸馬出《まるうまだし》を三つ持ち、壕には巴川の水を引き入れ、水濠《みずぼり》としている。

茂兵衛は搦《から》め手門《てもん》から水濠を渡って三の丸へ入り、その場に鉄砲隊を残し、乙部の案内で丸馬出を経て西二の丸へ、さらには四つ目の橋を渡ってようやく梅雪の住む本丸へと至った。

「随分と堅ェ城だら」

茂兵衛は、乙部と並んで馬を進めながら、江尻城の——というより武田式築城術の周到さに舌を巻いた。

「縄張りは馬場《ばば》美濃守だと聞くぞ」

馬場が築城した後は、山縣昌景《やまがたまさかげ》が入り、山縣が長篠《ながしの》で討死した後は、梅雪が入った。代々の城主が、城の強化に心を砕いてきたのだ。

「殿様がよォ」

茂兵衛は小声で、乙部に囁《ささや》きかけた。

「おまんに、梅雪が寝返るよう口説かせた理由がよう分かったがね。こんな堅城、誰だって攻めたくはねェもんな」

「ほうだら」

と、乙部が疲れた笑顔を返した。

穴山梅雪は、一昨年に得度《とくど》して梅雪と名乗り、形式上の家督を長男の勝千代に譲った。太っており、容貌は最近の家康とよく似ている。外交官特有の慎重そうな男なのは有難いが、梅雪もまた疲れ切った表情をしていた。

（うちの足軽たちも、乙部も、梅雪様も、最近は皆、疲れとるなァ。ま、あの平八郎様が気弱な物言いをされる御時世だ、仕方あんめい）

「梅雪である」

「植田茂兵衛にございまする」

甲冑《かっちゅう》を着込んでいるので平伏はできない。わずかに頭だけを下げた。

「寄騎ということだが、鉄砲の数はいかほどか？」

「五十挺にございまする」

「ご、五十……」

それ以降、明らかに梅雪の茂兵衛に対する態度は変わった。掌返《てのひらがえ》しというほどではないが、やはり五十挺の鉄砲の威力は政治的にも強力なようだ。

会見はすぐに終わった。

隊に戻ると、茂兵衛は彦左に出陣の準備を命じた。

「出発はいつです？」

「明朝未明！」

「随分と急ですな。足軽ども、疲れてますよ」

「ま、甲府から戻ったら、少し休ませてもらうさ」

そう言って、茂兵衛も早く床に就いたのだが、綾女に会うことになるのかと思えば、嬉しいような、気恥ずかしいような、怖いような——様々な想いが胸に去来し、なかなか寝つけなかった。

（綾女殿とのことは、今後とも寿美には黙っておこう。不実なようだが、俺ァやましいことは何一つしてねェんだ。女房殿に無用な気を揉ませるこたァねェや）

男女の関係こそないが、十四年間も心の底で想い続けた女がいる——それを知ったら、妻はどう感じるだろうか。

二

大部隊が長距離を徒歩で進む場合、その行軍速度は一日に五里（約二十キロ）前後に落ち着くものだ。秀吉の中国大返し然り、古代ローマの百人隊然り、はたまた二十世紀の旧日本陸軍も、奇しくも同じ程度の速さで移動した。

ただ、数日間に限定すれば、もう少し頑張れる。

駿河と甲斐を繋ぐ甲州往還は、人の往来が多く、また武田家にしてみれば軍事道路の意味合いもあって、往時にしてはよく整備されていた。さらに甲州往還は富士川《ふじがわ》に沿ってうねうねと続く道で、起伏もさほどにはない。難所の富士見峠で海抜八十丈（約二百四十メートル）、大和峠《やまととうげ》で海抜七十丈（約二百十メートル）ほどが精々だ。

茂兵衛隊は、穴山家家老の有泉大学助信閑《ありいずみだいがくのすけのぶつら》が率いる穴山衆二百と共に、穴山氏館がある下山までの十四里（約五十六キロ）を二日で駆け抜けた。兵たちには「道中、雄大な富士の絶景を堪能できるぞ」と伝え、楽しみにさせていたのだが、甲州往還と富士山の間には天子山地《てんしさんち》が南北に連なっており、富岳の雄姿はあまり拝めなかった。

二月二十五日の未明。穴山衆と茂兵衛隊は、身延山《みのぶさん》麓の下山村南方に陣を敷いた。さらに六町（約六百五十四メートル）北上すれば、目的地穴山氏館である。手前で一旦止まり、現地の様子を物見することにしたのだ。

兵たちに「音を立てるな。静かに待て」と命じた後、茂兵衛は乙部と有泉、家臣の三十郎のみを伴い、自ら物見に出た。

茂兵衛と乙部と有泉、この三名が梅雪の妻子奪還隊の指揮官であることは間違いないが、その上下関係は些《いささ》か微妙であった。茂兵衛は徳川直参の足軽大将だ。対する有泉は有力国衆の重臣《おとな》で、大学助という官位まで僭称《せんしょう》している。乙部は身分的には格下だが、隠密の元締めとして事情に最も通じているはずだ。果たして、指揮官は誰だろう？

本来であれば、幹部の序列は前もって確定させておくのが心得である。いざ戦という時に現場が混乱しかねない。しかし、現在の家康と梅雪の関係性は微妙なのである。主家を見限って、織田徳川同盟に寝返ろうとしている梅雪は、その窓口である家康に強いことは言えない立場だ。さらには梅雪の妻子を救い出すために家康は強力な鉄砲隊まで動員してくれている。一方、家康としては武田一門衆筆頭の梅雪をどうしても寝返らせておきたい。もし梅雪に臍でも曲げられると厄介とは思っているはずだ。両者ともに相手を無駄に刺激したくはない。そこで敢えて「どちらが上」「どちらが大将」と確定しないまま、出陣させたというのが実情なのである。

（ま、大丈夫だら）

この点に関し、茂兵衛は楽観的であった。

互いに武将同士、男同士である。序列が不確定なら、実力で決すればいい。

まず乙部は、狡《ずる》くもあり賢くもあるから、表だって茂兵衛の上に立とうとはすまい。徳川家内の序列に従い、素直に茂兵衛の下についてくれるだろう。自然、五十挺の鉄砲隊と乙部の情報を掌握する茂兵衛が、有泉の上に立つことになる。もし有泉が意地を張り、茂兵衛と覇を競うような愚者であったら、兜の上から一言「どこの奥方を救いに行くのか」とどやしつけてやればいい。

だが幸運にも有泉大学助は、その手の短慮な男ではなかった。三十代半ばの小柄な武将で、温厚にして融和的。笑顔に愛嬌があった。「茂兵衛殿は、我らが奥方様と若君を救うべく、骨を折って下さるのだから」との低姿勢を崩さなかった。

（あの殿様にして、この家老か……）

茂兵衛は、家康と酒井忠次の関係性を、梅雪と有泉の関係に重ねていた。元々は短気で直情型の家康には、ネチネチとした慎重型の忠次が相応しく、能吏《のうり》の印象でとっつきづらい梅雪には、人当たりがよく慇懃《いんぎん》な有泉が相応しいということだろう。互いの短所を補い合って、穏当な大名家運営ができそうだ。

「おかしいがね」

穴山氏館の様子を見に行った乙部が戻り、茂兵衛と有泉に囁いた。

空はまだ暗いが、西の空には下弦の月が雲間から顔を覗かせており、当惑気味な乙部の表情がよく窺えた。この男の癖で、緊張すると両眉毛をヒクヒクと上下させる。穴山氏館の大手門に衛士の姿がなく、矢倉を戴いた大手門が半開きになっているという。

「普段、夜間の城門は？」

「や、そら、ちゃんと閉めてござる」

有泉が憮然として答えた。

「城内に軍兵《ぐんびょう》の気配は？」

「ない」

との乙部の返事を受け、茂兵衛は暫《しばら》く考えた。

「門が開いとるんだったら、入ってみりん。有泉殿、乙部と二人で城内に入って下さらんか。誰何《すいか》されたら、甲府の勝頼公に使いに赴く途中、立ち寄っただけと申されよ」

有泉は梅雪の家老である。武田家内では名士だ。その名士が、使いの途中で主家の留守城に立ち寄った——なにも不自然ではない。咎めだてられることは、まずあるまい。

「やってみましょう」

「もし、問題がないようなら、そのまま奥方様にお目通りしてもええか？」

乙部が、事実上指揮を執る茂兵衛に確認した。

「おう、構わん。ま、その時のおまんの直感でやれや」

「心得た。では、有泉殿」

「うん」

二人が闇に消えると、茂兵衛は三十郎に振り向き、六町（約六百五十四メートル）南の林の中で待つ本隊への命令を伝えた。まずは全軍をこの場に集結させることだ。彦左に命じれば、部隊の移動はそつなくやってくれるはずだ。

「よし、三十郎、走れ！」

郎党が月光を背に駆け去ると、茂兵衛は一人、闇の中に取り残された。

一町（約百九メートル）先の館の中には、綾女がいる。奪還が首尾よくいけばこれから数日の間、彼女と旅をすることになる。なにか甘酸っぱいものが、胸を一杯に満たしした。

（俺ァ、たアけじゃ。ええ女房がおって、娘まで生まれたというのに、まだ袖にされた女に拘《こだわ》っとるがね）

否、むしろ振られたからこそ拘るのだろう。男の心理とはそういうものだ。しかし、親姉妹《おやしまい》以外の女と言えば、女房殿と銭を出して買う女しか知らない茂兵衛である。自分の心の綾などは、皆目見当も――

「こら、茂兵衛！」

乙部が一人で戻ってきており、心配そうに茂兵衛の顔を覗き込んでいる。

「う？」

「おまん、女のことでも考えて、ボーッとしとったらいかんぞ」

「たァけ。有泉殿は？」

「奥方様にお目通りしとる」

元々、穴山氏館には、物頭に率いられた三十名ほどの監視が付いていたが、浅間山の噴火以来、兵たちは動揺し、浮き足立ち、いつの間にか頭立《かしらだ》つ者《もの》数名を残し、姿を消してしまったというのだ。

「要は、勝頼を見限って逃げ出したってことか？」

「おそらくな。で、その最後まで残っていた数名が、二刻《ふたとき》（約四時間）ほど前に、館から北へ向けて馬で駆け去ったそうな」

「甲州往還に、物見を立ててたんだろうさ。俺らが北上して来るのに気づき、甲府に援軍を呼びに行ったんだら」

下山から武田家当主の居館である甲府の躑躅《つつじ》ヶ崎館《さきやかた》まで八里（約三十二キロ）ほどだ。馬を飛ばせば一刻（約二時間）で往復できる。兵の召集と出撃準備に一刻かけたとして、そろそろ戻って来るやも知れない。

「いずれにせよ、今は奥方に監視は付いておらん。十人ばかりおる武士は、穴山衆ばかりじゃ」

「つまり、味方だな？」

「ほうだ」

正室は、有泉から「江尻城にお越しあれ」との梅雪からの伝言を聞くと、涙を浮かべて喜んだそうな。よほど心細かったのだろう。事実、二月一日には、織田方に寝返った木曾義昌の実母が、十五日には小笠原信嶺《のぶみね》の実母が、激怒した勝頼の命により無惨な磔刑に処されている。戦国の世の倣いとはいえ、人質になるということは、かくも恐ろしく厳しいことなのだ。

ただ、有力国衆の妻や子や親を、残酷に処刑し得たということは、十五日当時の勝頼にはまだ、権威と武威《ぶい》が備わっていたという証でもある。いずれも十六日の浅間山噴火以前の出来事だ。信長の朝廷工作により朝敵とされ、織田の大軍に攻め込まれた上での自然災害――大噴火の瞬間、勝頼の命運は完全に尽きたのではあるまいか。

「今、彦左たちをここに呼んどる」

茂兵衛は、乙部に早口で伝えた。

「皆が揃ったら、俺の鉄砲隊が館の北に放列を敷く。敵が来るとすれば北からだからな」

「たぶん、来やせんがね」

「たぶんな。おまんと有泉殿は穴山衆を館に入れ、奥方と若様を連れだし、そのまま甲州往還を駿河へ走れ、殿軍《しんがり》は鉄砲隊が務める」

「心得た」

四半刻《しはんとき》（約三十分）後には、館の中へと入った穴山衆が、輿《こし》に乗せた正室と勝千代、徒歩の侍女団を警護しつつ、門外へと出てきた。

茂兵衛は彦左を連れ、大手門の脇に片膝を突き、仰々しく正室を出迎えた。梅雪の妻だからというよりも、信玄の娘に対する礼である。茂兵衛の前で輿が止まった。

「植田殿とやら。御苦労をお掛け致しまする」

と、輿の中から意外に若い声がした。

現在は出家して、見性院と号している。天正八年（一五八〇）に梅雪は剃髪し、形式的に家督を勝千代に譲った。その折、正妻も落飾《らくしょく》したのだろうが、まだ剃髪はせず切り髪姿だという。故信玄の次女で、年齢も四十だと聞くから、勝手に老女を想像していたのだが、なかなかに艶っぽい声だ。彼女の生母は信玄正室である三条之方《さんじょうのかた》で、相当な美貌の持主だったと聞く。梅雪が危険を冒してまで救出を試みたことからも、御簾《みす》の中にはかなりの美女が座っていると思われた。

「勝千代は眠っており、御挨拶は後ほどということにさせていただきまする」

「はッ」

茂兵衛は面《おもて》を伏せたまま会釈した。

「ガキ、甘やかしたらいかんがね」

と、傍らで彦左が、茂兵衛にのみ聞こえる小声で呟いたので、笑いを堪えるのに苦労した。今年で十一歳になる若君は病弱と聞いた。大方、女たちから温《ぬる》く育てられているのだろう。

動き出した輿の後には、十人ばかりの侍女団が徒歩で続いた。おそらくその中に綾女がいる。面を上げるか少し迷ったが、徳川の足軽大将が、国衆の奥方の侍女たちに遠慮するのも変だと思い、膝は突いたまま顔を上げた。

（うッ）

いきなり、先頭を歩く侍女と目が合った。綾女だ。際立った容色は昔のままだが、少し雰囲気が落ち着いたようにも感じる。彼女も女主人に倣って切り髪姿になっている。綾女は目を伏せ、小さく茂兵衛に会釈して通り過ぎた。

「ええ女ですな。お頭、御存じで？」

「し、知らんよ」

「でも、会釈してたから」

「うるせェ」

と、苦し紛れに一喝した。

穴山衆が去ると、茂兵衛は彦左を促し、館の北方で甲州往還を鉄砲隊の放列で封鎖した。少なくともあと一刻《いっとき》（約二時間）は、誰一人ここを通さない。

懐かしい綾女との再会――さすがに胸の鼓動が速くなったのだが、茂兵衛は自分で自分を戒めた。

（俺と綾女殿の縁はすでに切れとる。住む世界が違う。俺ァ、寿美一人を大事に守って暮らす方がええ。それが分相応ってもんだがや）

浜松の屋敷で待つ、妻と娘のことのみを考えるようにした。

「辰」

「はい、お頭」

「槍隊を十名連れ、甲州往還を半里（約二キロ）北上して陣を敷け。南下する敵勢を確認したら報告に戻れ。百姓商人の往来は別に構わん」

「承知。本多の組を連れて行っても宜しいか？」

「ええよ」

高天神城主《たかてんじんじょうしゅ》岡部元信の首を獲った本多主水であったが、馬鹿正直に「倒したのは茂兵衛と彦左である」旨を言上したので、出世は見送られた。が、その分、多くの褒賞金を得たし、元々有能な男、遠からず取り立てて貰えるだろう。

「では、参りまする」

と、辰蔵が本多の槍隊を率いて走り去った上空——真北の空はまたしても、雲が朱に染まって見える。決して「朝焼け」などではなく「浅間焼け」だ。甲斐下山と浅間山は二十五里（約百キロ）ほどしか離れていない。勝頼と武田家に引導を渡した大災害だ。

「天変地異か……勝頼も運がねェな」

彦左が独言し、溜息を漏らした。

「ほうだら」

茂兵衛は決して運命論者ではないが、こう立て続けに不運が続くと、やはり

「勝頼は天から見放された」と感じざるを得なかった。

三

明るくなった頃、辰蔵が連れて行った本多主水が、駆け戻ってきた。

「武田方の騎馬武者およそ百五十、甲府方面より南下中。下山に着くまでに四半刻《しはんとき》（約三十分）はかからぬだろうと」

「鉄砲、徒士《かち》の数は？」

「高みに上りましたが、見えるのは騎馬武者のみ。後続の軍勢は確認できませんでした」

「木戸は？」

「木戸様は、いま少し物見を続けてから、駆け戻ると申されております」

仕事の手堅い辰蔵らしい判断だ。もし騎馬隊に後続部隊があるようなら茂兵衛の戦い方は大分変わってくる。最後まで後続隊の有無を確認する気だろう。

「騎馬武者百五十騎か……どう戦います？」

彦左が穏やかに訊いた。優勢な敵の出現にも動揺しない筆頭寄騎は頼もしい。

茂兵衛は頭の中で数字を弾いてみた。

火縄銃で狙って撃てる距離は半町（約五十五メートル）が精々だ。騎馬隊が突っ込んできた場合、距離半町で初弾を放つと、熟練者が早合《はやごう》を使っても、次弾を込めるのに六呼吸（約二十秒）はかかる。六呼吸の間に騎馬隊は二町（約二百十八メートル）も進んでしまうから、つまり一発しか撃てないということだ。ちなみに早合とは、弾丸と火薬を小さな竹筒などに分包した銃弾の装塡道具である。弾と火薬を別々に込めるより倍も早くなる。

ただ、茂兵衛の鉄砲足軽たちは、実猟で鍛えた腕自慢ばかりだ。仮に距離二町で初弾を撃てば、かろうじて敵が押し寄せる直前に次弾を撃てるかも知れない。つまり五十挺で二回の斉射――都合、百発を浴びせ掛けることができるわけだ。

（や、さすがに、なんぼなんでも無理か。そもそも二町離れて撃っても当たりゃしねェ）

かつて野場城《のばじよう》の戦いで、夏目次郎左衛門の郎党、大久保四郎九郎《おおくぼしろうくろう》は、二町の距離から深溝松平の先鋒に命中させた。しかし、あのときは長距離射撃用の長大な狭間筒《はざまづつ》を使ったし、四郎九郎自身が名人級の射手だったのだ。

（そんな無理筋をやらせるぐらいなら、十分に引き寄せて、確実に撃たせた方が

ええ。近距離からの斉射で、五十人の騎馬武者を撃ち落とすんだ）

その後、槍足軽四十人と士分が四人、小頭《こがしら》六人で突っ込んで、乱戦に持ち込むのが最上策と肚を決めた。

「よし、この場所で迎え撃とう」

彦左と左馬之助が深く頷いた。

本来ならば、殿軍は「戦っては退き、退いては戦う」を辛抱強く繰り返しながらジリジリと後退するのが心得であろう。しかし、今回の敵は騎馬隊で、こちらは足の遅い鉄砲隊だ。逃げて逃げ切れるものではない。ならば腰を据えて、ガップリと四つに組んで戦うに如かず。

（なァに。長篠以前の強かった頃の甲州勢とは違う。運にも見放された負け犬どもだ。どうせ我先に逃げ出すさ。もし逃げなくても、ここで足止めして消耗させ、本隊を追う気を失せさせてやる。俺ァ殿軍の大将だ。役目はそれで十分に果たせるがね）

彦左を通じて小頭たちを呼び集めた。

「敵は、奥方と若様をどうしてもとり戻す気だろうさ。百五十騎の騎馬隊で追いかけて来よる。今のところ足軽や鉄砲は見えねェ。俺らは殿軍として、奴等をこの場所で食い止める。たとえ全滅しても退くことはねェから、肚をくってやってくれ」

期せずして、皆が同時に「おう」と低い声で応じてくれた。実に頼もしい。

騎馬隊の特性として道を外れることはできまい。甲州往還を真っ直ぐにやってくるはずだ。茂兵衛は鉄砲隊を三つに分けた。三番から五番の三組には二列横隊を組ませ、道を塞がせた。腕のいい一番組と二番組には、道の両側の小高い場所から走り抜ける騎馬武者を狙わせる。鉄砲隊は一発撃てばいい。次に槍足軽と兜武者が襲い掛かり、乱戦に持ち込む。後は運を天に任せるだけだ。

「木戸様が戻ってきます」

見れば、騎乗の辰蔵と足軽たちが必死で走って来る。

「お〜い、来るぞ！」

走りながら辰蔵が叫んだ。

「全員が騎乗の兜武者だァ！　お手柄の立て放題だがね！」

茂兵衛の周囲で、足軽たちが陽気に笑い声を上げげた。

朝靄の中、辰蔵たちが走る後方から、重い蹄《ひづめ》の音と土煙が追いかけてきた。百五十騎の武田騎馬隊だ。対するこちらは鉄砲が五十挺——馬防柵こそないが、長篠戦の再現ではないか。この際、戦の結果も再現してくれる。

「鉄砲隊、火鋏《ひばさみ》を起こせ」

茂兵衛が放列の後方を歩きながら叫ぶと、小頭たちが次々に復唱し、カチリカチリと各鉄砲が鳴った。火鋏は、火縄を取りつける金具だ。

「こらおまん、余った火縄はちゃんと穴に通しておけ」

四番組の小頭が、配下の鉄砲足軽を冷静な声で叱った。

「へい、すんません」

火縄は、火鋏に軽く挟んであるだけだ。発砲時の振動でよく外れる。そのため火縄銃の銃床には「火縄通しの穴」が開いており、外れた火縄が地面に落ちないよう、そこに余った火縄の尻を通しておくのが心得だ。ただ粗忽者《そこつもの》はよくこれを忘れる。火縄を落として見失ったり、踏んで火を消してしまったりするので、敵えて小頭は注意したのだろう。敵の騎馬隊が迫る緊急時にも、配下に些細な心得を守らせようとする姿勢がいい。声も冷静で肚も据わっている。この小頭は見所がある。小栗金吾《おぐりきんご》とかいう無口で小太りな若者だ。動きが鈍く槍働きは苦手なので、鉄砲を志したと聞いた。

「金吾」

「はい、お頭」

「おまんの四組は、最前列を走る馬を狙ってみりん」

「はい、お頭」

先頭を走る数頭が転ぶなり、倒れるなりすれば、その馬体が後続の馬の障害物となるだろう。上手くすれば、騎馬隊全体に渋滞を起こさせ得るかも知れない。立往生する騎馬隊なら、鉄砲隊には格好の的だ。

海鳴りのような音が次第に高まり、やがて土煙の中から、百五十頭の猛々《たけだけ》しい馬群が姿を現した。

ドドドドド。

もの凄い地響きが伝わってくる。

前に立ちはだかるものすべてを蹴倒し、蹂躙《じゅうりん》し尽くす凶悪なる意志が、巨大な一個の塊となって押し寄せてきた。

「鉄砲隊、火蓋《ひぶた》を切れ」

各小頭が復唱すると、カチカチカチと鳴って火蓋が前方へと押し出された。

「ようく狙え。まだ撃つなよ」

ドドドドドドド。

騎馬隊がさらに迫る。もう目の前だ。

「まだ。まだ引き付けろ」

騎馬武者たちの目が、面頰《めんぼお》の奥でキラリと光る。一瞬、茂兵衛には、彼らの黒目と白目の区別がハッキリとついた。

「よし、放てッ！」

ドンドンドン。ドンドンドンドン。

五十挺の鉄砲による強力な斉射の声が木霊《こだま》し、例によって木々の梢から、眠りを破られた鳥たちが一斉に飛び立った。

鉄砲隊は白煙に包まれ、騎馬隊では数十名の兜武者が鞍から転がり落ちた。この近距離である。射手たちの腕は一級品揃い。ほとんど全弾が命中、幾人かは数発の鉛弾に貫かれ即死したはずだ。

別《わ》けても、小栗の四番組が放った十発の弾は、先頭を走る六頭の馬を倒した。倒れた馬に後続の馬が引っ掛かり、乗り上げ、大混乱を生じさせたのだ。

完全に敵の出鼻を挫いてやった。

「鉄砲隊、後方へ退け！　槍隊、突っ込め！」

寄騎や小頭衆に率いられた足軽たちが、混乱する騎馬隊に向け、槍衾《やりぶすま》を作って殺到した。

辰蔵と左馬之助が槍を構え、並んで突撃するのが見えた。辰蔵は小柄だが動きが速く、機転も利くので、槍の遣い手と言える。左馬之助とは、茂兵衛自身が姉《あね》川河畔《がわ》で立ち合った。こちらもそれなりに強い。頼もしい寄騎たちだ。

茂兵衛は、まだその場で指揮を執っていた。本当は辰蔵たちと一緒に戦いたいのだが、今は指揮官としての責任感が、戦士としての欲求を凌駕していた。

「鉄砲隊、味方はすべて徒士だ！　各々弾を込めたら自分の判断で騎馬武者を狙え！」

ダンダン。ダン。

茂兵衛の声に被せるように多くの銃声がして、幾人かの騎馬武者が馬から転り落ちた。

騎馬隊が不利を悟って下馬し始める前に、一人でも多く撃ち落とさねばならない。騎馬隊全員に徒士となられ、腰を据えて戦われると、茂兵衛の槍隊は劣勢を余儀なくされる。人数は敵の方が多いし、個人の力量でも、やはり兜武者は足軽よりは強い。

ただ、騎馬武者の心理として、馬は下り難いものだ。これが轡取《くつわと》りでもいれば、愛馬を託すこともできるが、七、八里（約二十八・三二キロ）も疾走してきた後なので、徒歩の者は誰も追いついていない。つまり、一旦馬を捨てれば、逃げることもできなくなる。それを思って下馬を躊躇《ためら》う内、鉄砲の餌食になってしまうのだ。

ダンダン、ダン。

また幾人かが転げ落ちた。

「馬を下りろ！　徒士となれ！　鉄砲に狙われるぞ！」

誰かが叫ぶと、騎馬隊はぞくぞくと馬を下り始めた。

（チッ、気づきやがったか）

百五十騎のうち、五十や六十は鉄砲の餌食にして減らしたはずだ。でもまだ兜武者が百人近くいる。兜武者百人と槍足軽四十――かなり味方が不利だ。せめて人数だけでも互角にしたい。射手は貴重だったが、ここは仕方がない。

「鉄砲隊、鉄砲をその場に置き、刀を抜け」

足軽たちは当惑し、一瞬顔を見合わせたが、鉄砲小頭たちが茂兵衛の命令を復唱すると皆素直に従った。

騎馬武者が馬を下りれば、どうせ鉄砲は乱戦の中には撃ち込めないのだ。

「鉄砲隊、鬨《とき》を作って突っ込め！」

五十人の足軽と、五人の鉄砲小頭が抜刀し、怒声をはり上げながら斬り込みを開始した。これで人数的には五分だ。

もう、足軽大将としてやることはない。あとは、槍を提げ、乱戦に参加するのみだ。振り向けば、富士之介と三十郎が、四人の従卒を従え満を持している。

「富士、三十郎、思う存分、手柄を挙げい！」

「はい、旦那様！」

「よし、突っ込め！」

植田家の主従七人が、茂兵衛を先頭に走り出した。

駆けつけたそこは、馬と人と骸《むくろ》が重なり合う荒れた戦場だった。

見れば足軽が兜武者に組み敷かれ、今にも刺し殺されそうになっている。武田側に足軽はいない。つまり、馬乗りになっている方が敵だ。

茂兵衛は躊躇《ちゅうちょ》なく駆けよると、槍を大きく振り上げ、頭形兜《ずなりかぶと》の天辺《てへん》をめがけて振り下ろした。

ゴン。

兜武者は、組み敷いた足軽に覆い被さるようにして突っ伏した。

動かなくなった兜武者の脇腹を蹴ってどかし、足軽を解放してやった。

「お頭……お、恩に着ます」

「たァけ。こいつ、まだ生きとるぞ。早う止めを刺せ。首を獲れ！」

「へ、へい！」

足軽が跳び上がり、気絶している兜武者に圧し掛かっていった。見れば兜武者は毛引縅《けびきおどし》の立派な具足《ぐそく》を身に着けている。さぞや名のある武将だろう。今の足軽は徒士武者に出世するかもしれない。

「勝負じゃーッ」

正面から騎馬武者が、頭上で槍を振り回しながら突っ込んできた。

この期に及んで、まだ馬から下りていないのは心得違いも甚だしい。だが、頭上で回しているのは二間（約三・六メートル）に近い直槍《すぐやり》だ。馬上槍にしてはえらく長いし、手綱を放して馬を操る手際を見れば、よほど馬と槍に自信があるのだろう。

（舐めとったら、やられる）

茂兵衛は気合を入れ直した。騎馬武者は真一文字に突っ込んでくる。このままでは馬の蹄に蹴られる。反射的に、片膝を突いた。槍の石突《いしづき》を火山灰の積もった地面に突き立て、穂先を馬の胸の高さに構えた。槍足軽の頃、こうやって幾度も騎馬武者の突撃を止めたものだ。

(来い、来やがれ!)

ガッ。

穂先が馬の胸を捉えた。槍の柄《え》が大きく撓《しな》って馬の勢いを殺す。棹立《さおだ》ちになった馬が騎馬武者を放り出した。と、同時に茂兵衛も、暴れる馬の胸に刺さった己が槍に撥ね飛ばされ、尻もちをついた。茂兵衛が起き直るよりわずかに早く騎馬武者が立ち上がった。身軽だ。間髪を容れず、槍で茂兵衛の下腹を突いてきた。

(糞がッ)

反射的に体を捩《ね》じり、敵の槍を左手で摑み、脇の下へと抱え込んだ。太刀打ちの辺りだ。槍を間に挟んで騎馬武者と繋がった。瞬間、すべてを理解した。相手は小柄で、明らかに膂力《りょりょく》は茂兵衛の方が上だ。睨みつければ、面頰の奥の目が驚いている。彼我の力の差が伝わったのだろう。

(なるほど。非力なこいつァ、格闘戦の不利を思って馬から下りなかったんだ)

「おりゃ!」

横から三十郎が介入し、兜の上から槍で強か《したた》殴りつけると、騎馬武者は簡単に崩れ落ち、地面に両膝を突いた。この相手が怖いのは、馬に乗っているときだけだ。馬を捨てた今、我が郎党二人で十分に倒せる。

「富士、三十郎、二人で兜首を挙げろ。手柄にせい！」

そう叫んで、馬の胸から抜け落ちた槍を拾い、次の敵を求めて駆けだした。

騎馬隊はどんどん数を減らしていた。多くは討ち取られ、生き残った者は、味方同士相争うようにして馬を捕まえ、我先に飛び乗り、鞭代わりに刀の棟で馬の尻を叩き、北へ向けて駆け去っていった。三方ヶ原の頃の武田武士とは明らかに違う弱兵どもである。戦う前から、勝敗はすでに決していたのだ。

天正十年（一五八二）二月二十七日は、新暦に直すと三月二十一日だ。この時季になると、昼間にはもう大分気温が上がる。一昨日《おとつい》の早朝に切り取った敵の首級《しゅきゅう》が二日半を経て、そろそろ異臭を発し始めていた。

甲州往還を南下する茂兵衛隊の足軽の多くが、敵の生首を腰からぶら下げていた。二つの首級を下げている猛者《もさ》もおり、彼が一歩進む度に、ゴトゴトと生首同士がぶつかり不気味な低い音を立てた。

勝ち戦の場合、首実検は現地で行うことも多い。倒した敵の首級を大将が検分する儀式は、戦勝への凱歌の意味もあるからだ。しかし、今回は背後から敵が追ってくる可能性がある。ゆっくりしてはいられなかった。首は少なくとも江尻城まで持ち帰らねばならない。

（ま、捨てろとも言えんわな）

彼ら足軽にすれば、この生首が金や銀の御褒美に換わるのだ。しかも今回、討ち取った敵は、全て騎乗武者なのである。上手くすれば、足軽から徒士に取り立てて貰えるかも知れない。その首級を「臭いから捨てろ」とか「気味が悪いから捨てろ」とは、いくら足軽大将でも命じることは憚《はばか》られた。

生来、茂兵衛は生首を苦手としていた。

血の滴る首も不快だが、切り取る作業はもっと嫌だ。倒した敵がたとえ兜武者でも、茂兵衛が首を獲らないことを誤解され「茂兵衛は欲がない」「倒した敵への敬意を知っている」なぞと一部で称賛されたものだ。勿論そんな大層な意味はなく、只々、遺体を損壊する行為への嫌悪感が、人一倍強いだけだ。

尤も、このことは一切口外していない。

乱世にあっては、自分の感覚の方が異質であることは、よく分かっていた。「首を獲るのが気色悪い」なぞと言えば、変な奴だと、むしろ気色悪がられる。

現に、女でも生首を恐れるということはない。倅《せがれ》や亭主が持ち帰った首級を、首実検の前に清拭《せいしき》し、化粧を施し、見栄えを飾るのは女たちの仕事である。「この首が銭や名誉を呼び寄せるかも知れない」と、女たちは喜々として生首を洗うのだ。

茂兵衛隊は殿軍として、穴山衆の後方を進んでいた。

一昨日、実際に戦った印象だと、武田勢はすでに戦意を喪失している。槍や刀を振り回していても、どこか御座成りな感じだった。人質を奪還するために、五十挺からの鉄砲を備える強力な相手に、この上追手をかけてくるとは考えにくい。それでも茂兵衛は大事をとって、左馬之助に槍足軽十人を付け、後方半里（約二キロ）を進ませている。万が一の用心だ。

ゆっくり進んでいるにもかかわらず、兵たちの疲労は極まっていた。往路の疲れが残っているところに、合戦をし、休むことなく十四里（約五十六キロ）を帰ってきたのだ。重い傷を負った者も多い。腰に首級をぶら下げた者は、その重さにも悲鳴を上げた。人の頭部の重さは体重のほぼ一割だという。十六貫（約六十キロ）の男の首級は十斤《きん》（約六キロ）だ。二つの首級だと二十斤（約十二キロ）にもなる。

「朋輩《つれ》に証人となってもらえばええ。首級がなくとも証人さえおれば、ちゃんと恩賞は貰えるがね」

と、道中で茂兵衛は足軽たちに、重い生首を捨てるよう幾度か声をかけたのだが、命懸けで入手した兜首を捨てる者は誰一人としていなかった。

往路は二日で駆け抜けた甲州往還だが、復路は女子供連れでもあり、疲れてもおり、三日を要し、二十八日の午後遅くに江尻城の城門を潜った。

四

江尻城へ凱旋した後は、兵たちに休息と栄養を与え、体力の回復を促すことが茂兵衛の役目となった。

有泉大学助と交渉し、十分な米と味噌と干魚を確保してもらった。もし、有泉が出し渋るようなら、当主の奥方と嫡男を甲府まで救出に行った恩義をちらつかせて強請《ゆす》るつもりだったが、有泉は快く兵糧を供出してくれた。

「兵糧は十分にある。遅くとも十日の内に、兵どもの体力を回復させよ」

「つまり、食わせて寝かせれば宜しいので?」

彦左が捨て鉢な様子で質《ただ》した。かなり機嫌が悪いようだ。彼自身も疲れ果てていることは顔を見れば分かる。兄忠世の愛嬌たっぷりの団栗眼とは対照的な、鷹のように鋭い両目の下に、大きな隈ができている。

「傷を負った者、足に肉刺《まめ》を作った者は金瘡医《きんそうい》に診《み》せろ。薬代は俺が持つ」

「人数が人数にござる。結構な金額になりますぜ」

「構わん。そうしてくれ」

と、念を押すと根性悪の筆頭寄騎が皮肉な笑みを浮かべた。

「お頭は、優しいお方だ」

「おうよ。だからおまんのようなたァけにも辛抱しとるんだら」

「ああ、ほうですかい」

そのたァけが、下顎を突き出し目を剝いてみせた。

茂兵衛は別段、優しいわけではない。足軽たちは茂兵衛の手足として働いてくれるのだ。彼らが疲弊したり、傷が悪化したりすると、茂兵衛隊の戦力が低下し、引いては茂兵衛自身の評価が下がる。

ちなみに、金瘡医は外科専門の軍医を指す。矢傷、刀傷、鉄砲傷から打撲まで外科全般を謝礼を取って治療した。多くは剃髪しており、僧侶のように見える。

梅雪は、妻子の無事を手放しで喜んでくれたのだが——

「ただ……」

と、声を潜めた。

「貴公らに、無理をしてもらったのには事情があった。無論、肉親の情もなくはないが、それだけではない。我が妻は、亡き信玄公の息女、勝千代は信玄公の孫に当たる」

梅雪は、織田徳川方へ寝返る条件として甲斐源氏《げんじ》の名流「武田宗家の再興」を掲げていた。信玄の娘と信玄の孫は、武田宗家再興にとって不可欠な存在だったのである。

（なるほどね。そういう事情があったのかい）

妻や子を人質に差し出す武将は多いが、それを武力で奪還しようとする者は寡聞にして知らない。だから少し訝《いぶか》ったのだが、話を聞いて腑に落ちた。

茂兵衛が詳細な経過を報告すると、梅雪は茂兵衛に花菱の家紋が入った短刀を贈った。三つ花菱は穴山家の定紋である。

驚かされたのは、有泉の誠実さである。

己が主人の前で、自分の武勲を誇示することなく、茂兵衛の冷静な指揮ぶりと殿軍部隊の勇戦を正直に伝えたのだ。兵糧を出す時の気前のよさといい、茂兵衛は穴山家の家老に深く感謝した。

(有泉大学助……慇懃で大人しいだけの男かと思ったが、今どき正直な野郎だ)

茂兵衛、有泉の生真面目そうな横顔を眺めながら、少し和んだ。

即日、梅雪は降伏を表明、内々に徳川家と穴山家は降伏条件の折衝に入った。

まず梅雪は、武田宗家滅亡後の甲斐源氏の存続を熱望した。

前九年・後三年の役で活躍した河内《かわち》源氏の棟梁、八幡太郎義家《はちまんたろうよしいえ》の末の弟である新羅三郎義光《しんらさぶろうよしみつ》を始祖と仰ぐ甲斐源氏武田家は、五百年近くに亘り、甲斐国に盤踞《ばんきよ》してきた名門である。梅雪にもその意識は強く、嫡男の勝千代に甲斐源氏の跡目を継がせることを織田側に寝返る条件としたほどだ。穴山家そのものが甲斐源氏の傍流である上に、勝千代は信玄の外孫であり、十分に資格はあると主張――徳川家側もこれを受け入れた。

三月二日になって、茂兵衛に「三月四日。穴山衆と共に、甲州へ侵攻せよ」との命が下った。

「明後日ですか？　下山から戻って……」

と、彦左は指折り数えた。

「まだ三日しか経ってない。騎馬の我らは兎も角、足軽たちはまだ回復しておりませんぞ。いくら達者な金瘡医でも、三日で傷は治せません」

「もう少し休ませられると思っておったのだが……聞けば、織田方の進軍が妙に速いらしいわ」

茂兵衛はまだ知らないが、実はこの日（三月二日）、織田軍の総大将を務める織田信忠は、勝頼の実弟が籠る高遠城《たかとおじょう》をわずか一日で抜いていたのだ。翌三日には諏訪《すわ》へと雪崩《なだ》れ込み、勝頼が深く帰依《きえ》する諏訪大社を焼き払っている。

「武田を根絶やしにせよ」

との信長の強い意志、憎悪の念を感じさせる所業ではないか。

乙部によれば、信忠という若者は「父の信長を恐れ敬うこと神のごとく」であるそうな。今回もし、勝頼の首を挙げる手柄を、徳川や北条に奪われたら一大事と、よほど気が急《せ》いているのだろう。怒濤《どとう》の進撃を続ける信忠軍の甲府入城は目前なのだ。

信長からの事前通知では、織田軍と徳川軍は、進軍の速さを調整しながら、北と南から相前後して甲府に討ち入る手筈になっていたはずだ。しかし、家康は信長に「話が違う」と文句を言える立場にない。同時に信長は、大事な戦場に遅参した同盟者に寛容ではないだろう。家康としては、疲弊しきった足軽隊の尻を蹴り飛ばして急がせるしか策はないのだ。

茂兵衛と梅雪は、江尻城から一里半（約六キロ）北東にある興津城《おきつじょう》に呼び出された。

上座に席を占めた家康の面前に裃《かみしも》姿の梅雪が座り、その後方に甲冑を着た茂兵衛が控えた。家康は、意外なほど機嫌がよかった。彼は今年で四十になる。年の所為《せい》か、最近かなり太ってきた。

「急なことだが陸奥守《むつのかみ》殿、明後日の払暁をもって、我が徳川は、甲斐へ攻め入ることとなった」

裃の袴《はかま》に置かれた梅雪の拳が、わずかに握り締められるのを、茂兵衛は見逃さなかった。

「よもや、御異存はあるまいな」

口元は微笑みをたたえたままだが、家康の目は笑っていない。

「ははッ」

弾かれたように梅雪が平伏した。具足着用の茂兵衛は平伏ができない。精一杯に首を伸ばして首《こうべ》を垂れた。

降伏した敵将は、その旧主を攻める場合、新主人への忠誠の証として、先鋒に起用されることが倣いだ。当然、攻め込む土地の地理に詳しいだろうし、また国衆や地侍を懐柔調略する役割も担わされたのである。

梅雪も、甲斐征伐に際して徳川勢の先鋒を命じられた。茂兵衛は現在、梅雪の寄騎であり、彼と共に甲斐へ攻め入ることになる。

「これへ」

家康に促され、数名の小姓が、一間（約百八十センチ）四方もある大きな甲斐と駿河の地図を、家康と梅雪の間に広げた。南には駿河湾が、東には富岳が描かれている。北の端に描かれているのは甲府と躑躅ヶ崎の城館だ。江尻城から富士川に沿って北上する真っ直ぐな道は、先日往復した甲州往還であろう。本当は、もっと曲がりくねった道なのだが。

「ここまででよい」

身を乗り出した家康が、扇子の先で躑躅ヶ崎館の三里（約十二キロ）南を指し、トントンと図面を二度叩いた。

「山間《やまあい》から甲府の盆地へ出た辺り……」

「市川《いちかわ》にござるか？」

梅雪が先んじて答えた。なにせ甲斐は彼の本貫地である。地元だ。

「左様。そこの辺りに布陣されよ。ここから先へは進まれるな」

「何故《なにゆえ》？」

「それはな」

家康が言葉を継いだ。

「穴山家と武田宗家は土地の縁、血脈の縁も濃く深い。乱世の倣いとは申せ、掌を返して勝頼軍に突っ込むのは御本意ではあるまい、そう思うてな」

「お、畏れ入りまする」

梅雪、今度は落ち着いた様子で平伏した。

「陸奥守殿」

「はッ」

「市川には確か、貴殿の叔父御の館がござったな」

「一条上野介《いちじょうこうずけのすけ》の館がございまする」

一条信龍《のぶたつ》は、信玄の父である武田信虎《のぶとら》の末の倅だ。梅雪から見れば母の弟。甲斐源氏一条家の名跡を継いでおり、市川の地に、上野城《うえのじょう》とも呼ばれる館を構えていた。

「調略は可能ですかな？」

「齢《よわい》も近く、童の頃より昵懇《じっこん》の叔父にござれば、話は聞いてくれるかと」

「なるほど」

と、ここで家康は身を乗り出し、梅雪の目を覗き込んだ。

「話は聞いてくれようが、もし調略に応じてくれなんだ場合はなんとされる？

昵懇の叔父御と戦うことになるが？」

「それは、無論……」

梅雪が顔を引き攣《つ》らせて言い淀む。家康は目を逸らさない。実に気まずい沈黙が流れた。

(俺は徳川の家来で、今は梅雪の寄騎だ……ここは俺が、なんぞ言うべきところなのかな？ や、黙っとこう。下手に突っ突くと藪蛇にもなりかねん)

瞬間、家康が声をあげて笑いだした。

「ハハハ、これは意地の悪い問いかけを致しました。無論この家康、陸奥守殿の赤心は毫《ごう》も疑ってはおりませぬ。御案じあるな。手前の旗本一万五千が、本多平八郎、榊原康政らに率いられ、確かに後詰め致しております故、陸奥守殿は、お気楽に先鋒を務められよ」

「これは、これは……不肖梅雪、三河守様の御為に最善を尽くしまする」

と、坊主頭の天辺までを朱に染め、梅雪が平伏した。

（御案じあるな、だと？　こりゃ励ましなんかじゃねェ。ただの恫喝だがね。殿様ァ、おっかねェ方におなりになったわ）

茂兵衛は、居心地の悪さを感じていた。

会見が終わり、梅雪と共に退出しようとする茂兵衛を、家康が呼び止めた。梅雪は一瞬顔を顰めたが、その後はそ知らぬ態で茂兵衛に会釈をし、部屋を静かに出て行った。二人が呼ばれ、一人だけ先に帰される――嫌なものだろう。

「植田」

「はッ」

「五十挺の鉄砲はどうじゃ？」

「はあ……」

一瞬、返答に詰まった。「どうじゃ？」の意味を摑み切れなかったのだ。今日の家康は恐ろしげだ。見当違いの返事をして、怒鳴られるのも、軽蔑されるのも御免だった。

「よ、寄騎衆に支えられ、なんとか相務めておりまする」

穏当に返せた。ま、可もなく不可もなし。

「武田の騎馬隊を蹴散らしたそうな」

「お、畏れ入りまする」

自分の働きが主人の耳にも入っているようで正直嬉しかった。

「さて、ここのことじゃが」

と、家康は再度、地図上の市川を指した。

「ここに布陣するまではええ。梅雪に話した通りじゃ。ただな。もし意外に勝頼の抵抗が激しく、信忠殿が苦戦するようなら、おまんの判断で、兵を北へ進めよ。織田勢の支援に遅参してはならん」

「……はッ」

当たり前のことを言っているようだが、家康の言葉は、どこか思わせぶりだ。

「これまでも、おまんには幾度か言って聞かせたが、右大臣家は、仕えるのが難しいお方よ」

家康は、声を絞って囁いた。

「配下や同盟者が出過ぎればお気に召さぬ。さりとていざとゆうとき役に立たねば腹を立てられる。叱られる。下手をすると潰される……分かるな？」

「はッ」

つまり市川に布陣して、勝頼を討ち取る栄誉は織田方に譲り、もし、織田方が苦戦するようなら速やかに急行してこれを援けよ。ただし、援けすぎて出過ぎるな——おそらく、そんな感じのことを求められているのだろう。

「目立たず、されど役目は怠らぬ……その辺の塩梅《あんばい》を考え、先鋒隊を動かせ」

「一つ、伺ってようございましょうか？」

たまらず茂兵衛が訊き返した。

「ゆうてみい」

「なぜ、梅雪様にそうお命じにならなかったのですか？」

と、訊くや否や、家康の顔に不快感が浮かんだ。これは愚かなことを訊いたものだ。昨日今日寝返ったばかりの梅雪に、家康が弱味を晒《さら》すはずもない。

「も、申し訳ございません。先鋒の指揮は梅雪様が執っておられるので、つい」

主人との間に、気まずい沈黙が流れた。

「おまんが、行けと言えば梅雪は行く。行くなと言えば行かん。それが寝返った者の生き残る道よ。されど、もし梅雪がおまんの命に従わんかったら……」

「従わんかったら？」

家康は梅雪の去った板戸の方を窺った後、茂兵衛に顔を寄せ声を潜めた。

「おまんを梅雪の寄騎にしたのは何故だと思う」

「鉄砲隊を率いておるからにございますか？」

「たァけ。鉄砲隊ならほかにもたんとおるがね。ええか植田……もし、梅雪が変節したる場合、側にいるおまんが責任を持って刺し殺せ」

「さ……」

思わず主人の目を見上げた。主従で押し黙り、しばし睨み合った。

「怖い目で睨むな。不満か？」

「いえ。ちと驚いただけで……」

「ならば、ちゃんと復唱してみりん！」

怖い目で睨むなと言うが、今の家康の目の方がよほど恐ろしい。

「ば、梅雪様が徳川に反抗したる場合、それがしが……刺し殺しまする」

と言って、首を垂れた。

酷い命令だと思った。こんな無茶な命令を出されるのは初めてだ。一言で言ってしまえば「主人家康は、変わった」ということだろう。

家康は、ただ肥満しただけではなかった。いつの間にか非情な戦国武将へと変貌を遂げていた。そう言えば、高天神城攻めでは、以前なら決してやらなかったような、田圃や畑を焼き払う酷い策を平然と採ったではないか。

実際に戦ってみて、茂兵衛は確信している。勝頼と武田勢の凋落《ちょうらく》ぶり、劣化は隠すべくもない。今回の甲州征討は、余程の失策でもない限り、織田徳川軍の大勝利に終わるだろう。上手く立ち回れば、家康には駿河一国が転がり込むはず。三河、遠江、駿河――三ヶ国の太守の座が目前にぶら下がっている。

真面目で辛抱強いだけが取り柄の田舎大名が、欲と二人連れで「腹黒い狸親父」へと変貌を遂げたのかも知れない。

（ただよォ。殿様が腹黒くなるのは、ま、仕方ねェことかも知れねェな）

野場城の頃、直属の小頭はそれは厳しい人だった。新米足軽の茂兵衛は幾度も殴られ、泣きながら赦《ゆる》しを乞うたものだ。その小頭が臨終のとき、茂兵衛を呼んでこう囁いたのだ。

「主人を替えろ。夏目の殿様はええ人だが、ええ人は戦国の世では生き残れん」

そして事実、夏目次郎左衛門は、三方ヶ原で悲惨な討死を遂げたのだ。

主人が腹黒い――普通は不幸な話だが、乱世にあっては例外で、むしろ歓迎すべきことではないのか。

かく言う茂兵衛自身、物頭となって以来、気働きや悪知恵を度々用いるようになった。気位の高い寄騎衆、さぼることばかりを考える足軽たち、その中間には、只々大声を張り上げているだけの小頭衆がいる。そんな百人の難しい配下たちを統《す》べるのだから、綺麗事ばかり言ってはいられない。怒鳴ったり、宥《なだ》めたり、賺《すか》したり――相当あくどい手段だって使っているのだ。

（足軽の頃はもう少し簡単だった。小頭の命令だけ聞いて、その内の八割か七割をやり遂げれば、褒めて貰えたんだ。人間偉くなればなるほど難しくなる。足軽大将程度でこうなら、三ヶ国の太守となれば如何ほどだろう）

しかも、家康の親分は、あのおっかない信長である。その気苦労は想像を絶する。

（そりゃ、目つきも悪うなるだろうさ。殿様ァ大変なんだな）

家康の居室から退出し、長い廊下を歩きながら、茂兵衛はそんなことを考えていた。

五

翌三日は、出陣の準備に忙殺された。

鉄砲隊には火薬、弾丸、火縄などの補給が必要だが、それ以外の兵たちは兵糧を運ぶ小荷駄隊を組めれば、すぐにも出発できる。要は、食い物と武器さえあれば、どこへでも遠征して戦えるのが、往時の雑兵たちの最も大きな存在意義と言えた。

とはいえ、さすがに疲れていて、夜は早々に床に就いた。

明日の払暁には百人の配下を率いて江尻城を出ねばならない。

深夜、人の気配に夜具の中で目覚めた。

「富士之介か？」

返事がない。不審に思い身を起こすと、舞良戸《まいらど》がスルスルと音もなく開いた。

「誰だ？」

低い声で誰何しながら、枕元の脇差を手元に引き寄せた。

闇の中から、亡霊のような白い人影が姿を現し、寝所の中に入ると、舞良戸を静かに閉めた。

「誰だ？」

灯台に火を点《とも》そうとする茂兵衛を女の声が制した。

「灯りは、お許し下さいませ」

「！」

忘れもしない——綾女の声だ。

「綾女殿だな」

女は答えず、わずかに動いて夜具の側に座り、背筋を伸ばした。

「なんぞ、それがしに話でも？」

「……」

女は黙ったままだが、闇の中から射る様な鋭い視線を茂兵衛に投げていることはなんとなく分かる。

「俺を刺しに来たのか？　それとも……抱かれに来たのか？」

率直に言って、どちらもあり得ると思った。

長い沈黙が流れたが、やがて——

「どちらをお望みで？」

「どちらも望んではおらん。ただ、他ならぬ綾女殿の望みとあらば、どちらでも受け止める。受け容れる。逃げはせん」

「刺し殺しても宜しいのですか？」

「死にたくはないが、受け容れる」

しばしの沈黙が流れた。

「ならば十四年間の女の想い……受け止めて下さいませ」

綾女が、肉の輪郭が、しな垂れかかってきた。女の柔らかい唇が強く押しつけられ、熱い舌が深々とねじ込まれた。閨《ねや》で情熱的にふるまう女がいても構わないが、茂兵衛の知っていた――知っているつもりになっていた綾女が、そうだと気づき、面くらった。

（十四年間の女の想いってわけか……それにしてもよォ）

と、理性が機能したのもここまでで、あとは男の欲望だけが、彼の行く手を照らし、背中を強く押し、茂兵衛は綾女の体を幾度も繰り返し貪《むさぼ》った。

「どうして、私が貴方《あなた》様を殺すと？」

夜半過ぎ――茂兵衛の腕の中で、綾女が訊ねた。責めるような声の調子だ。

「それは……」

少し考えてから、茂兵衛は慎重に言葉を選んで話し始めた。

「おまんはとうに気づいとろうが……俺には、女心なんてものは、皆目見当もつかねェ。ま、それが前提よ」

「はい。よく存じております」

女の悪戯《いたずら》っぽい声が、闇に弾んだ。

「俺ァ、綾女殿が他人様《ひとさま》に見られたくねェと思うような場面に幾度か出くわしてる。口封じじゃねェが、いっそ殺しちまうか……おまんが、そう考えても可笑《おか》しくはねェと思ったのよ」

「……呆れた」

「駄目かい？」

「本当に女心がお分かりでない。困ったお方。恥を見られる度に、むしろ貴方様への想いは募りましたのに」

「では、なぜ逃げた？　七年前の掛川城下で。俺ァ椿屋《つばきや》に訪ねて行ったんだぞ」

「………」

綾女は返事をしなかった。茂兵衛の胸に顔を埋めたまま、じっとしていた。

本音では「なぜ七年前は逃げ、なぜ今は抱かれようと思ったのか」と訊きたいかったのだ。ただ、心の中で「下半分は訊かぬ方がいい」との声がして止めた。

（ま、おそらくは年齢だら。二十三の女と三十の女では、肚の据わり具合が違うってこったァ）

「貴方様は最前『どちらも望んではおらぬ』と申されました。私とこうなることも不本意でしたか？」

逆襲とばかりに、厳しく斬り込んできた。

考えをまとめてから口を開くことにした。

「俺の中じゃ、綾女殿は曳馬城《ひくまじょう》の南の曲輪《くるわ》で、初めて会った頃のままなんだ」

その先の言葉は、綾女を怒らせるかも知れない。茂兵衛は綾女を抱いた両の腕にわずかに力を込めた。

「あれから足掛け十五年になる。おまんだって十六のときのまんまってわけにはいくめェ」

早口で伝えた。しばらく返事はなかった。

「つまり、がっかりしたくなかったと？　それで抱くのを望まなかったと？」

陰鬱《いんうつ》な声が質してきた。

「怖かったんだ」

「幻滅した？」

「とんでもねェ」

「嘘、私もう三十ですよ」

「や、本当に俺ァ……おまんに夢中だ。おまんは十六のときのままだがね」

と、唇を押し付け、乱暴に吸った。

穴山梅雪は、すでに数年前から徳川方と内応してきたのだ。綾女は乙部の指揮下で、梅雪の正妻である見性院の侍女となり、家康と梅雪の連絡員を務めてきた。色々とあったので、武田家に深い遺恨を持つ綾女である。名門穴山家の離反こそが「最も早く武田を潰す近道」と乙部から説得され、真剣に役目を務めてきたそうな。

「や、お役目のことも含めて、こうなった以上はもう、おまんを元の役目に戻すことはできねェ」

「どうして？」

「武田はすでに死に体だ。おまんは目的を達した。おまんの戦は終わったんだ。もうこれ以上、危ない役目を続けるこたァねェよ」

「見性院様を支えるのは、やり甲斐のあるお役目です。辞めたくありません」

「武田信玄の娘だら。おまんの家族を殺し、おまんを辱《はずか》しめた武田だら。恨み骨髄のはずだら」

「仰ることは分かります。確かに初めは、武田と聞くだけで憎かった。でもね、共に暮らしてみれば所詮は人と人。武田にも尊敬できる方はおり、遠江や三河にも蔑むべき人はいると気づきました。共に笑い、共に泣く生の暮らしの前では、古びた怨讐《おんしゅう》など馬鹿らしく思えて参ります」

遺恨などというものは、紙に墨で書いた文字に等しい。壁に貼って眺める分には神々しいが、所詮は紙片だ。破れば破れるし、燃やせば燃える。

お役目に固執する綾女に対し、長く想い続けた彼女を自分一人のものにしておきたい茂兵衛は、思い切った提案をした。

「俺が甲斐から戻ったら、俺の側室になってくれ。おまんの故郷の浜松で共に暮らそう」

そのことを口にしたとき、ほんの一瞬だが、脳裏に寿美の悲しげな顔が浮かんだ。何一つ彼女に落ち度はない。今も大切に思っていることは事実だ。

「側室などと、軽々しく口にして宜しいのですか？　御一門衆の姫君をお貰いになったのでしょ？」

「妻は妻。側室は側室だ。二人とも大切にする」

また沈黙が流れた。

「やはり、お断りさせていただいた方が宜しいでしょう」

そう言って、綾女は茂兵衛の腕を器用にすり抜け、夜具の中で身を起こした。女の肩から細腰にかけての背中が、ほの白く象牙のように光っている。

「なぜ？」

「先ほど、御自分で仰ったではありませんか」

綾女は夜具から這い出し、脱ぎ捨てた衣服を裸身に纏《まと》い始めた。衣擦れの音が艶《なま》めかしく響いた。

「俺が、なんと言った？」

「女心が分からぬ、と」

「や、それは……」

「世間には、たとえ女心が分からずとも、生真面目な、いい亭主殿はいくらもおられましょう。でもね、その手の殿方は、女二人を欲張ってはなりません。どちらか、あるいは両方が泣くことになる。二人の女を同時に愛するには男の側に資格が要りまする。優しさや誠実さではなく、それは狡さですのよ」

「狡さだと？」

聞き捨てならないと思った。素早く起き上がり、夜具の上に胡坐《あぐら》をかいた。

「お、乙部のようなか⁉」

言ってすぐに後悔した。今この時まで、綾女が茂兵衛の女であったことは一度もない。その間に誰に抱かれようが、誰とむつみ合おうが、自分の口出しできることではないはずだ。

（や、でも、さっきは確かに「十四年間の想い」と言ってたじゃねェか。つまり綾女は――）

「亡き主人、乙部様を含め数多《あまた》の殿方に抱かれて参りましたが」

明らかに内面の怒りを抑え、冷静であろうと自制心を働かせている声だ。

「自ら望んで帯を解いたのは今宵が生まれて初めてにございます」

（つまり、好いた男がおっても、他の男に抱かれるってこったァ。それじゃ、銭とって股開く遊女とどこが違う？）

「決して、隠密女の嘘ではございません。田鶴姫《たづひめ》様のお墓にかけて誓いまする」

そのまま二人とも押し黙り、長く座っていた。

「ああ、御免なさい。喧嘩になってしまいましたね」

と、闇の中から押し殺したような笑い声が聞こえてきた。

「どうか茂兵衛様は、奥方様お一人を愛《いと》しんでお暮らし下さいませ」

「……」

綾女は身支度の続きを済ませると、茂兵衛に顔を寄せ、強く唇を吸った。

「今後、辛い目に遭ったら、今宵のこと……別けても、乙部様のお名前が出る前までの出来事を思いだしまする。ありがとう」

「ありがとう……って？　俺らはもう会えねェのか？　もう会わないつもりなのか？　乙部のことだったら、俺ァ別に……」

綾女が、慌てる茂兵衛の口を指先で軽く押さえた。

「お互いのために、その方がよいのです」

そう言い残して、綾女は部屋を出て行った。

茂兵衛は闇の中でジッとしていた。体が硬直して動けずにいた。

しばらくして手足の緊張が緩むとともに、深い溜息が漏れた。

（あしらわれた……まるで、大人と子供だがや）

三十歳になる隠密稼業の女と、十七の頃から戦場一筋、敵を倒す心得は学んでも、男女の機微など学ぶ暇がなかった。確かに、身を置く世界が違い過ぎたのかも知れない。

暗い天井を睨みながら、茂兵衛はどこかで胸を撫でおろしていた。そして、そんな自分が、とても卑怯に思えた。

第三章　武田滅亡

一

天正《てんしょう》十年（一五八二）三月四日の払暁《ふつぎょう》――天候は生憎《あいにく》の雨である。

徳川勢は、梅雪が率いる二千の穴山衆と茂兵衛の鉄砲隊を先鋒に江尻城《えじりじょう》を進発し、富士川《ふじがわ》沿いに甲州往還《こうしゅうおうかん》を北上し始めた。

その間、家康は興津城《おきつじょう》で総指揮を執り、駿府城《すんぷじょう》には筆頭家老の酒井忠次を配して駿河《するが》全体に睨みを利かせている。

実は、徳川先鋒隊の出撃を見計らうように、富士川対岸の吉原宿《よしわらじゅく》に北条の大軍が出現し、陣を敷いたのだ。今回、小田原《おだわら》の北条は織田徳川側についており、今のところ富士川を押し渡る素振りは見せていない。しかし、油断はならない。

当代の北条氏政は凡庸な人物だが、山っ気が強く、近隣諸国と揉めてばかりいる。そもそも、梟雄伊勢新九郎《きょうゆういせしんくろう》（北条早雲《そううん》）以来の権謀術数、なにをしでかすか分からぬ家風だ。家康が、あまり甲斐《かい》方面に傾斜し過ぎると、足元をすくわれ、折角占領した駿河を奪われかねない。

家康は、駿河と甲斐の国境《くにざかい》にある万沢宿《まんざわじゆく》で梅雪隊の進軍を止めさせた。このまま甲斐にのめり込むとは限らない——との姿勢を示すことで、北条の動きを牽制するためだ。

北条は動かない。時ばかりが過ぎる。

信忠軍が三月七日、甲府《こうふ》へ雪崩《なだ》れ込み、甲斐善光寺《ぜんこうじ》に陣を敷いたとの報せが入った。あまりに遅参がひどいと信長から「やる気」を疑われかねない。家康は先鋒隊の北上再開を命じた。

三日後の十日未明、甲府への侵攻が開始された。梅雪麾下《きか》の穴山衆と茂兵衛隊は、山間《やまあい》の甲州往還から広々とした甲府盆地へと出て、躑躅《つつじ》ヶ崎《さき》の南三里半（約十四キロ）にある市川《いちかわ》の文殊堂《もんじゆどう》に陣を敷いた。

着陣早々、茂兵衛は梅雪の天幕に呼ばれ、軍使として上野城《うえのじょう》の一条信龍に手紙を届けて欲しいと頼まれた。

「城を囲む前に、渡せということでございましょうか？」

「左様。叔父に恫喝と思われん方がよいと思う。降伏せぬまでも、退去する機会にもなろう」

逃げ出してくれれば、戦わずにすむ。世話要らずだ。

梅雪は手紙を丁寧に懸紙《かけがみ》で包み、上下を折り畳んで茂兵衛に手渡した。

（それにしても……なぜ俺だ？）

封書を受け取りながら、考えを巡らせた。侵略者である徳川の足軽大将が使いとなるよりも、顔を見知った温厚な有泉大学助あたりが届けた方が、先方としては説得に応じやすいのではあるまいか。

（梅雪は「自分は徳川方に付いてるぞ」と、旗幟《きし》を鮮明にしたいのか？　それとも……）

手もとの封書を見ていて、ふと思い当たった。

（あ、なるほどね）

最前、梅雪は手紙を懸紙に包むとき、封緘《ふうかん》を施さなかった。折り畳んだだけだから懸紙から取り出せば、すぐにも読める。手紙を茂兵衛に預ければ、徳川方へ内容を知られるということだ。つまり彼は、家康に対し「妙な手紙は送っておりません」との申し開きのために、茂兵衛を軍使に選んだと考えられる。

ならば——

「陸奥守《むつのかみ》様、できますれば文の内容をお明かし下さい」

「うん。隠すことではない。よければこの場で開いて読まれよ」

やはり茂兵衛の見立て通りらしい。この場合、むしろ読むのが礼儀だろう。

「では、御免」

早速、開いて読んだ。とんでもない達筆である。茂兵衛程度の学識では、幾文字か判読不能であったが、それでも大意は伝わった。信龍と梅雪は二歳違いの叔父と甥である。領地も近く、童の頃は親しく交流したらしい。その折の懐かしい昔話を幾つか並べた後に、時代の変遷を説き、徳川に寝返ることの必要性と大義名分が簡潔に認《したた》められていた。そして家康の寛大さを述べた上で、短い言葉で降伏を勧めていた。

「眼福にございました」

そう言いながら、手紙を改めて包みなおした。

「文でも述べた通り、ワシと上野介《こうずけのすけ》殿は幼馴染じゃ。気性は荒いが、物の分かった男だから軍使の貴公に危害を加える心配はない。説得にも応じてくれるものとワシは信じておる」

(大丈夫か？　見通しが甘くはねェか？)

「くれぐれも、叔父に宜しゅうな」

と、梅雪が硬い表情で頷いた。

「では、行って参りまする」

例によって甲冑《かっちゅう》を着けているので平伏はできない。首《こうべ》を垂れ、席を立った。

上野城は、甲府盆地の南端。比高五十丈(約百五十メートル)ほどのなだらかな山の中腹に立っていた。山と言うよりは丘であろうか。城と呼ぶより、館の方がピンとくる。下山《しもやま》の穴山《あなやま》氏館《しやかた》でも感じたことだが、一概に甲斐の武士たちは己が本拠地の守りに無頓着だ。遠江《とおとうみ》では高天神城《たかてんじんじょう》のような見事な山城を、大規模な土木工事で造り上げているから、決して技術や意識が低いわけではない。それが何故か、武田宗家の躑躅ヶ崎館でさえも、国主の居城と呼ぶには情けないほど開放的だと聞く。

現に、勝頼は堅城の必要性を感じ、甲府の北西、七里《しちり》岩《いわ》台地上に新府城《しんぷじょう》を築いた。釜無川《かまなしがわ》の流れと浸食崖に守られた堅固な造りだったが、築城の費用を賄うために高額な税を課したので、国衆《くにしゅう》たちの気持ちが勝頼から離れた。城を造って国が滅びる——なんとも皮肉な話ではないか。

上野城は、館へと続く斜面の木々を広々と伐採していた。遮蔽物がなく、よく見通しが利く。接近する者は、館内からの矢弾にさらされることになるだろう。一条信龍、戦う気満々にも見える。

「ここで待て」

富士之介と三十郎、三人の従僕を残し、単騎、馬を大手門前まで進めた。

「これは徳川三河守《みかわのかみ》が家来、植田茂兵衛と申す者。一条上野介様に、穴山陸奥守様の書状をお届けに参った。御開門あれ」

馬をゆっくりと輪乗りしながら大音声《だいおんじょう》を張り上げた。

しばらくして、門扉《もんぴ》が軋みつつ左右に開いた。鐙《あぶみ》を軽く蹴ると、雷はゆっくりと歩き始めた。

徐々に館へと近づく。茂兵衛は鉄砲頭としての目で、軍事的に上野城を眺めてみた。門の上に矢倉こそ載せているが、小規模なもので、さほどの人数は籠れなさそうだ。空壕《からぼり》も土塁も堅固とは言い難い。攻城側を苦しめる丸馬出《まるうまだし》や三日月壕もない。

（城兵の数は精々三百……ま、この程度の館なら、俺の鉄砲隊と穴山衆の二千で攻めれば、一刻かからんで落とせるわ）

ただ、穴山衆がどこまで本気で武田勢と戦ってくれるのかは不明だ。半月前、穴山氏館へ押し入ったときとはわけが違う。あの折は、梅雪の正室と嫡男の命がかかっていた。今回、茂兵衛が本当に信用できるのは、配下の百人だけであろう。できれば、戦わずに済ませたかった。

通された上野城の一室で、一条信龍と面会した。

年も四十四だと聞くし、信玄や梅雪の肉親だから、肥満した赤ら顔の壮漢を勝手に想像していたのだが、あにはからんや、貴族的な風貌の優男であった。上座に座ると、信龍は梅雪の書状を茂兵衛の前で開き、黙読し始めた。目の動きを見れば、二度三度と慎重に読み返しているのが分かる。表情は一切変えない。主家の滅亡が差し迫っている中でのこの冷静さ——なかなかの漢と見た。

「植田殿とやら」

信龍が書状から目を上げた。感情の籠らない静謐《せいひつ》な眼差し——茂兵衛としては、相手の心が読めないのが困りものだ。

「はッ」

「貴公、この書状は読まれたか？」

「陸奥守様の御前で拝読致しました」

「貴公は、徳川三河守殿の御家来衆とのことじゃが……御無礼ながら伺う。身分、役職は？」

「鉄砲隊を率いておりまする」

「足軽大将か？」

「はッ」

ここで信龍は少し間を置いた。主家に背いた男が、降伏を勧める手紙を敵の物《もの》頭《がしら》に持たせて届ける——その意味と背景を吟味しているようにも見えた。

「では、返書を認めるゆえ、暫時《ざんじ》待たれよ」

と、席を立ち、奥へと退出した。茂兵衛一人が残された。

「ふーッ」

思わず溜息が漏れた。厳しい相手と対峙すると疲れが倍になる。

梅雪から「信龍は槍の名手」と聞いた。確かに目の配り、身のこなしに鋭さを感じる。が、それにしては戦場での武勇伝が少ないらしい。信玄が、この末弟を大層気に入っており、また頼りにもしていて、ずっと本陣固めに据えていたというのだ。生母の出自が卑しく、後継者候補にこそ名は挙がらなかったが、一つ間違えば武田宗家を継いでいた可能性すらある。それほどの人物だと梅雪は評価していた。

ややあって、信龍が戻ってきた。なにか吹っ切れた印象で、態度は大きく変わっていた。立ったまま、ぞんざいな様子で封書を突き出し、梅雪に渡すよう茂兵衛に伝えた。

（舐められたもんだがや。俺ァ手紙を運ぶだけかい。徳川の家来と話す気はねェらしい。およそ、この返書の内容も知れたもんだわ）

もし信龍に少しでも降伏の意思があるのなら、降伏する相手の中級幹部にこのような無礼な態度はとるまい。むしろ己が決意を、徳川の家来と自分自身に宣言するため、あえて無礼な態度をとったのかも知れない。

一言、言い返してやろうかとも思ったが、どうせ数刻後には槍を交える相手だ。怒りはその折まで胸の内に寝かせておくことにし、黙って返書を受け取った。

市川の文殊堂に戻る道すがら、茂兵衛は懐にしまった返書の内容が心配でたまらなくなった。信龍が徳川と一戦交える覚悟を固めていることは確かだ。茂兵衛に対する態度をみれば、強い敵愾心《てきがいしん》さえ感じる。その彼が、裏切者の梅雪に穏当な文を返すはずがないではないか。あるいは罵倒し、あるいは寝返りを翻意するよう恫喝している可能性がある。もし、先鋒を務める梅雪の心が揺らぐようなことにでもなれば、その悪影響は徳川全体の軍事行動に及ぶだろう。寄騎《よりき》として、茂兵衛の責任で善処せねばなるまい。

笛吹川《ふえふきがわ》の支流である芦川《あしがわ》の畔《ほとり》で、茂兵衛は手綱を引いて雷の歩みを止めた。

信龍の返書を取り出し、懸紙を外した。折り畳まれた書状には厳重な封緘が施されていたが、躊躇《ちゆうちよ》なく破棄し、文を広げた。

封緘された親書を盗み読んだことに、後ろめたさは毫《ごう》も感じなかった。それほど信龍の返書は苛烈だったのだ。梅雪の徳川への寝返りに、あらん限りの罵倒を並べ、亡き信玄公の御恩への裏切りと糾弾していた。ま、罵倒は兎も角、信玄公への裏切り云々は、梅雪を動揺させるかも知れない。

（こんなもの梅雪に読ませても、百害あって一利なしだがや）

茂兵衛は信龍からの返書を丸め、芦川の流れに投げ捨てた。手紙は沈まず、川面に浮かんで下流へと流れていった。

（要は、信龍に降伏の意思がねェことさえ伝えれば、それで十分だがね）

茂兵衛は小さく雷の鐙を蹴り、芦川の流れへと踏み込んだ。

二

その日の午後には、茂兵衛隊と穴山衆は、上野城を十重《とえ》二十重《はたえ》に包囲した。規模は一町半（約百六十四メートル）四方ほどか。甲府盆地を見下ろす高台に立つが、斜面は三町（約三百二十七メートル）進んで、十丈（約三十メートル）上る程度の緩やかな勾配である。切岸《きりぎし》があるわけでもなく、逆茂木《さかもぎ》や乱杭《らんぐい》も施されていない。

「こりゃ幸先がええわ。こんな小城は一気に抜いて、気勢を上げるがね」

と、辰蔵が嬉しそうに揉み手をした。

事前の軍議で、攻城方法が確認された。まず茂兵衛の鉄砲隊を大手門の前に並べ、斉射を矢倉に幾度も浴びせる。撃ちすくめられ、矢倉が沈黙したのを見計らって、穴山衆本隊が大手門に殺到し、破門材の丸太で門扉を壊しにかかる。大人数が抱えた丸太をぶち当てると、それは大きく、不気味な音が轟《とどろ》くものだ。自ずと城兵は大手門に集まりがちになるから、手薄になった土塁を上って有泉大学助が率いる別動隊が城内に突入する。後は、お手柄の立て放題だ。

「火蓋《ひぶた》を切る前にせめて一度、ワシが叔父貴を直接に説得してみたい」

そう言って梅雪が、馬を前に進めようとしたので、慌てた茂兵衛は轡《くつわ》を摑んで制止した。

「危のうござる。城内から撃って参りましょう」

「なに、城兵も元は輩《ともがら》、いきなりは撃つまいよ」

梅雪には、自分の裏切りが、武田武士に如何ほど嫌悪されているのか、自覚が薄いようだ。こんなことなら気など遣わず、いっそ返書をそのまま読ませた方がよかったかも知れない。

「陸奥守様は先鋒の御大将。万一のことがあれば、穴山衆二千のみならず、後続の徳川一万五千が……」

とまで怒鳴ったところで、右足が泥にズルリと滑り、茂兵衛は不覚にも轡を摑んだ手を離してしまった。すかさず梅雪が馬を前に進める。彦左が敷いた鉄砲隊の放列より前に出た。つまり、敵の弾も届く距離だということだ。

「叔父上、ワシじゃ、梅雪にござる！　ちいとばかり話を聞いてくれ」

そう叫んだ刹那、城内から号令が聞こえ、十数挺の鉄砲が一斉に火を噴いた。

ダンダンダン。ダンダン。

梅雪の乗馬が肩口に被弾した。馬は激しく嘶《いなな》き、棹立《さおだ》ちとなる。茂兵衛が突進し、痛手に暴れる栗毛の鞍上《あんじょう》から梅雪を引き摺り下ろした。

「彦左、応戦せよ！ 大手門上の矢倉に全弾を集中させろ」

「承知！」

後は彦左に任せておけばいい。茂兵衛は梅雪の甲冑の肩の辺りを摑んで引き摺り、なんとか射程外へと這い出た。

「奴ら……ワ、ワシを狙って撃ってきおったわ」

梅雪が面頰《めんぼお》の奥で低く呻いた。敵弾の多くが、彼に集中していたことは明らかだった。

（撃ってこないと本気で思ってたんなら、この親父、甘い）

そう心中で吐き捨てた瞬間――

「放てッ」

ダンダンダンダンダン。

彦左の号令一下、五十挺の鉄砲が斉射された。銃口から炎が二尺（約六十センチ）余りも噴き出し、濛々《もうもう》たる白煙が視界を遮った。
「得心がいかれたか！　梅雪様と穴山衆の生きる道は、もはや武田にはござらん。徳川にござる」

と、梅雪の兜の錣《しころ》に向かって——つまり耳に向かって、怒鳴りつけた。

梅雪の両脇の下に手を入れ、赤子を抱えるようにしてその場に立たせた。

「さあ、信龍様の首を獲り、家康公への土産《みやげ》とされよ」

面頰と面頰がぶつかるほどに顔を寄せ、声を張った。梅雪が怖い目をしてしっかりと頷く。

ダンダン。ダンダンダンダン。

彦左の命令で、第二弾が斉射された。ここは戦場である。懐古も感傷も、肉親の情さえも有害無益だ。

ゴーン。ゴーン。

切り出した杉の大木を二十人ほどで抱え、そのまま門扉に突っ込んで行く。今朝、盗み見た限りでは、鉄鋲《てつびよう》を数多く打った堅牢な門のようだったが、幾度も強い衝撃を受けると閂《かんぬき》や鎹《かすがい》、蝶番《ちようつがい》などの脆《もろ》い部分が壊れてしまうのだ。籠城側はそうはさせじと門上の矢倉から、丸太を抱える攻め手に向け、さかんに矢弾を射かけるのだが、弾避けの竹束から少しでも顔を出すと、放列を敷く茂兵衛の鉄砲隊に狙われる。城兵も攻め手も命懸けだ。

梅雪の先鋒隊は持たないが、後続の家康本隊は破城槌《はじようつい》を装備している。大型の盾に車輪をつけたもので、掻盾牛《かいだてうし》とか転盾《まくりたて》と呼ばれた。本来は矢弾を防ぐ防御兵器である。だが城門に迫ると、丸太を積み、向きを縦にして城門に突っ込む攻城兵器へと変身する。ただしこの破城槌、図体が大きく、また車輪を使うので山城を攻めるのには適さない。

ゴーン。ゴーン。

幾度か叩きつけるうち、門扉が少しずつ動くようになった。閂が折れたようには見えない。むしろ蝶番が壊れた印象だ。向かって左側の門扉が、わずかにずり落ちて見える。攻城側の穴山衆から、一斉に歓声が上がった。

(皮肉なもんだ……ま、戦《いくさ》とはこういうもんだがや)

茂兵衛は面頬の奥で苦く笑った。

開戦前、和を求める梅雪を城兵たちは狙い撃った。危機一髪だったのだが、そのことでむしろ、穴山衆は上野城への遠慮が無くなった。同じ武田武士同士、殺し合うことへの後ろめたさが吹っ切れたのだ。結果、上野城は現在、苛烈な猛攻撃にさらされている。もしあの時、一条信龍が矢倉上に姿を現し、芝居でも涙を流し「戦いたくはないのだが、止むを得ない」というような台詞《せりふ》を吐いていたらどうだったろうか。穴山衆は、ここまで激しく上野城を攻められたろうか。

遥か右手の土塁に、有泉隊が取りついている。まるで、割れた瓜に群がるアリの群れのようだ。

城兵の抵抗はわずかで、有泉隊は続々と城内に侵入し始めた。軍議での読みの通りで、大手門が破られそうなのを見た城兵の多くが、矢倉の下に集まってしまったようだ。城は一ヶ所だけが堅牢でも意味がない。たとえ大手門だけを守り切っても、他が手薄となり、攻め手の侵入を許せば城は落ちる。その辺は城将も心得ていて、あらかじめ満遍なく配置を決めるものだが、いざ開戦となり、重要な拠点が危うくなると、人情として城兵たちは持ち場を捨て、危ない場所へ駆けつけてしまうものなのだ。

左側の門扉がガクンと下がった。またもや歓声が起こる。大手門の突破は時間の問題だろう。

「撃ち方止めい」

茂兵衛は鉄砲隊に命じた。

「一番組のみは今まで通り、各々矢倉を狙え。誤って味方を撃つなよ。攻め手に弓鉄砲を向ける者のみを撃て。迷ったら撃つな」

もうほとんど勝負は付いている。功を焦って同士討ちをするよりはましだ。

「二番組から五番組は、弾を込め、火蓋を戻し、火縄の火を消さぬようにしてその場で待機」

これは破れかぶれになった城兵が、裏切者の梅雪を「死出の道連れ」にせんと、打って出てきた場合への備えである。茂兵衛はちらと後方を窺った。槍足軽の一隊を前に並べ、十騎ほどの馬廻衆《うままわりしゅう》に囲まれた先鋒隊総大将の穴山梅雪が戦況を見守っている。

(仮に、百人が襲ってきたとして……まず四十挺分の銃弾を浴びせて足止めする。後は、うちの槍足軽が四十。穴山衆の槍は二十かな? 強そうな馬廻衆も控えとることだし、ま、大丈夫だら)

と、一応の胸算用を弾いて、冷静になれた。

「おーッ」

歓声とも怒声ともつかぬ雄叫びが、甲斐の山々に木霊《こだま》した。ついに上野城の大手門が破られたのだ。左側の門扉が半開となり、穴山衆が先を競って城内に雪崩れ込んでいる。やがて右側の門扉も大きく開かれた。半町（約五十五メートル）と少し離れているが、城内からは剣戟《けんげき》の音、悲鳴や、怒号が聞こえてくる。

左手の土塁にも別の穴山衆が取りついている。城兵の抵抗は見られない。空壕も土塁も柵も、すべて素通り状態だ。

「半刻（約一時間）もかかりませんでしたね」

彦左が、面頰の紐を緩めながら微笑みかけた。面頰——顔を護る防具だ。彦左の面頰は、半頰に喉垂《たれ》が下がった簡易な品である。半頰だと、目と鼻が広く露出するので、顔全体を覆う「総面を使え」と幾度も意見したのだが改めようとしない。「重いし、視野が狭くなってかなわん」らしい。

ちなみに、茂兵衛の面頰は、所謂《いわゆる》「目の下頰」だ。兜を被れば、目と口以外は防御される。総面より軽くて視野が広く、半頰よりは防御力にすぐれていた。多くの武士が目の下頰を選ぶ所以《ゆえん》である。

「彦左、まだ気を抜くな。一条信龍の首を挙げるまでが戦だら」

「ほうですが……え？」

彦左が表情を強張《こわば》らせ、緩めかけた面頰の紐をギュウと締めなおした。

上野城内で、鉄砲の斉射音がしたのだ。それも一挺や二挺ではない。少なくとも十挺——鉄砲隊だ。城に雪崩れ込んでいる穴山衆は鉄砲を持っていない。ということは敵の鉄砲隊の斉射——組織的な抵抗がまだあるということだ。

大手門からバラバラと武者たちが走り出てきた。こちらへ向かい五十騎ほどが緩斜面を駆け下ってくる。「すわ、敵か！」と色めき立ったのだが、背負った旗《はた》指物《さしもの》はどれも三つ花菱——味方だ。

ダンダンダン。ダン。

再び斉射の音が轟き、その後は鳴りを潜めた。ほんの一瞬、剣戟の音も悲鳴も怒号も止んだ。静寂だ。

（来る！）

武人としての直感が、茂兵衛に敵襲を報せた。

「鉄砲を構え！　火蓋を切れ！」

「え⁉」

彦左が驚いて茂兵衛の腕を摑んだ。

「お頭、あれは味方ですら！」

「たァけ。その後ろを見りん！」

大手門から百人ほどの武者が押し出してきた。その旗指物は——武田菱。甲斐源氏一条家が使う紋所だ。やはり城兵は死を決し、打って出たものと見える。一条勢は鬨《とき》を作り、槍を振り回し、一気に坂を駆け下ってくる。

「鉄砲隊、狙え！」

「お頭、駄目だ！　味方に当たる！」

制止する彦左を振り切り、茂兵衛は放列の前へと駆けだした。

「穴山衆！　その場で地べたに伏せられよ！　鉄砲の斉射が来るぞ！」

と、叫び、両腕を大きく広げ、こちらへ駆けてくる穴山衆に合図を送った。敵に追われているときに「その場に伏せよ」と言われても躊躇するところだが、味方の鉄砲隊が銃口を向けているのは見れば分かる。穴山衆は覚悟を決め、下り斜面に突っ伏すようにして、バタバタと伏せた。

「今だ！　鉄砲隊、放て！」

ドンドンドン。ドンドン。

敵はもう二十間（約三十六メートル）先にまで迫っていた。腕に覚えのある茂兵衛の鉄砲隊だ。この距離なら外さない。放たれた四十発の鉛弾は、確実に決死の一条勢を薙《な》ぎ倒した。しかし、敵はまだまだいる。

三

「鉄砲隊、後方へ下がれ！　槍隊、前へ！」

槍足軽が鉄砲隊に配備されているのは、貴重な兵器である鉄砲と射撃の技能者である鉄砲足軽を逃がし、護るためである。二間（約三・六メートル）前後の頑丈な持槍を自在に扱う玄人集団だ。見れば、槍隊の先頭に立って斜面を駆け上がってくるのは二人の寄騎——左馬之助と辰蔵だ。実に頼もしい。本来なら彦左も乱戦に参加したいところだろうが、彼には筆頭寄騎として、鉄砲隊を安全な場所まで誘導する責任がある。

（彦、大人になったなァ。もう一人前だがや）

そう面頬の中でほくそ笑んだ刹那。背後から大きな衝撃を受け、茂兵衛は斜面を三間（約五・四メートル）近くも転げ落ちた。どうやら背中を槍で激しく突かれたらしい。

「足軽大将に見合うだけの、頑丈な具足《ぐそく》に致しましょう。下手なものを着せると笑われるのは私ですから」

そう言って寿美が用意してくれた桶側胴《おけがわどう》の堅牢さに命を救われた。

慌てて立ち上がり、腰の打刀を抜いて構えた。槍は、槍持ちの従僕に預けたまま駆け上がってきたから手元にない。

（伍助《ごすけ》の野郎、なぜ付いて来てねェ！）

槍持ちの少年の痘痕面《あばたづら》を思い出して舌打ちした。槍持ちは、なにがあろうと主人に槍を渡せる位置に付き従っているのが心得のはずだ。

さらに、転んだ拍子に顔面を強打し、面頰が頰骨に食い込んだ。酷く痛むが、首を振って紛らわせた。

（さあ、茂兵衛様の背中を突いた糞野郎は誰だら⁉　殺したるがや！）

見上げた斜面には、見覚えのある顔が——なんと、一条信龍ではないか。朱塗りの直槍《すぐやり》を手に、大袖を着け、太刀を佩《は》いた古風な戦装束《いくさしょうぞく》である。兜と面頰は着けず、髪を振り乱した大童《おおわらわ》。なまじの美男だから、悲壮な顔は凄みを増し、まるで鬼のようにも見える——鬼を見たことはないが。

「こら足軽大将、尋常に勝負せい！」

茂兵衛の名を忘れたのか、それとも面頰で分からないのか、はたまた「口にするのも不愉快だ」ということなのか——とにかく役職で呼ばれた。

(おいおい、まずいなァ)

状況を冷静に吟味して、茂兵衛は苦虫を嚙み潰した。

敵は槍の名人で、斜面の上にいる。しかも決死だ。坂の下にいる茂兵衛は槍も圧倒的に不利だ。

(俺が有利な点は、信龍が兜も面頰も着けてねェってとこだけか……ま、組み打ちに持ち込めれば、勝ち目もある)

槍と刀の勝負である。茂兵衛としては、間合いを詰めることが肝要だ。接近戦に活路を見出すべし。だが、まずは口戦《くちいくさ》で攪乱《かくらん》してやろう。

「突いてみて、よう分かったろう？　俺の桶側胴は槍先を通さんぞ？　俺ァ面頰も喉垂も着けとる。一条殿、狙い目がなくなったなァ」

刀を右斜《みぎはす》に構え、両足を広げて踏ん張り、十分に腰を落とした。斜に構えるのは、己が刀を己が当世袖《とうせいそで》や兜の錣にひっかけぬための心得だ。腰を落とすのは、上体に重い兜や甲冑を着けているので、足をすくわれると転倒しやすいから。さらに上体を捻《ひね》り、左肩を敵に向け、当世袖をダラリと前に垂らした。これは、弱点である脇の下を隠すための心得である。これで正面の敵から見て、狙える隙はなくなったはずだ。

「ほりゃッ」

信龍の鋭い突きが、下腹部を狙ってきた。茂兵衛は刀で穂先を払い、横へ大きく飛んで避けた。

(困ったときは、下腹を突けってなァ)

胴から草摺《くさずり》をぶら下げる揺糸《ゆるぎのいと》、草摺の隙間、佩楯《はいだて》の裏、膝――下半身は隙が多いのだ。

(ん？)

信龍が槍を長く持ち直すのを、目の端で捉えた。

(野郎、叩いてくる気だな？)

槍を長く持つ――つまり、石突《いしづき》側に寄って柄《え》を握るということだ。当然、前が重くなり、遠心力も加わって、殴りつければ威力は倍増する。

(振り上げた間隙を縫って前に出る。一気に間合いを詰めてやる)

槍と刀の勝負は、圧倒的に刀が不利だが、もし手元に潜り込めれば、刀にも勝機はある。

「兜の前立《まえだて》が平《ひら》四ツ目《よめ》だな……お主の定紋か？」

信龍が、ジワジワと間合いを測りながら問いかけてきた。狙いは何だろう。敵の術中にはまりたくないので返事はしなかった。

「平四ツ目は、源氏の割り菱に由来することを知っておるか？」

「初耳だァ」

敵はジワジワと間合いを詰めてくる。穂先は十分に届く距離だ。

「お互い、元を辿れば同族やも知れんな」

(ふん。親兄弟でも殺し合う御時世よ。同族がなんだってんだ)

「言うとくが、俺の出自は東三河の百姓よ。先祖代々、由緒正しき百姓よ。この平四ツ目は、田圃《たんぼ》の田から取ったがや！」

信龍は、呆れたように一言「世も末だな」とだけ呟いたが、面頬のない顔には、露骨に軽蔑の色が浮かんでいた。

(なんだ、百姓嫌いか？　百姓が好かんなら米の飯を食うな！)

茂兵衛は、再び刀を斜に、腰を低く身構えた。

相変わらず信龍は槍を長く持っている。叩いてくることは間違いあるまい。

(いつでも来やがれ。おまんの肚ァ読めとるがや)

「えいさッ」

——叩いてこなかった。またしても腰の辺りを突いてきた。

（わッ）

動揺しながらも体を捩《ね》じり、刀で受け流した——その刹那、信龍の槍が頭に振り下ろされた。突きは陽動だ。やはり叩いてきた。刀を戻す暇《いとま》もなく、わずかに首を振ってよけた。

ドン。

硬い胴金《どうがね》の辺りで、小鰭《こひれ》の上から右肩を強《した》かに打たれた。肩から腕にかけてが酷く痺れ、右手に持っていた打刀を地面に取り落とした。

「か、刀……」

思わず拾おうと屈んだのは、武士として心得違いも甚だしい。次の一撃が兜の後方、錣の辺りに炸裂し、茂兵衛は無様に崩れ落ちた。両膝を突いたまま顔を上げると、さらに兜の天辺《てへん》を強打された。

「ぐッ」

頭と首が肩にめり込んだ。

戦場の只中で、今や茂兵衛は動きを止めていた。痛みや苦しさこそ感じないが体全体が痺れて身動きがとれない。茫然と両膝を突き、敵に正対し、槍も刀も失くしている。信龍が、槍名人と呼ばれるほどの者なら、次の瞬間、鋭利な槍の穂先が茂兵衛の下腹部に突き込まれるはずだ。腸をズタズタに切り裂かれ、たとえこの場では死なずとも、明日か明後日には腹が腐って悶《もだ》え死ぬ運命だ。茂兵衛は観念して目を瞑った。

（寿美を……悲しませるなァ）

寿美は今まで二度、夫を戦場で亡くしていた。今度で三度目の寡婦《かふ》となる。ただ、彼女の腕の中には茂兵衛の子がいる。娘がいる。賢く、気丈な寿美のことだから、きっと立派な母親になるだろう。母は子を守り、子が母の支えとなるはずだ。そして——綾女は泣いてくれるのだろうか。

「助太刀！」

——との、女の悲鳴にも似た金切声に目を開けた。従僕の伍助だ。槍持ちの少年が、主人の危機を救わんと、信龍の腰を横から槍で刺し貫いたのだ。

「下郎ッ」

激怒した信龍が槍を振り、横殴りに伍助を薙ぎ倒した。鉄笠の下、顔面を強打された少年は斜面に叩きつけられ、動かなくなった。

この間、ほんの一息か二息——しかし、茂兵衛の気力と闘争心が蘇るには十分な時間だった。

「信龍ッ!」

猛然と斜面を駆け上がった。同じ植田村出身の若い従僕を、無慈悲に殴り倒されたことで茂兵衛の闘志に火が点《つ》いた。ただ、走り始めて気づいたのだが、物が二つに見える。頭を打たれた影響だろうが、困ったことに信龍が二人いる。

(ええいままよ。二つに一つは本物だら!)

と、山勘で右側の信龍に飛びついたが、幸い本物だった。茂兵衛は大男である。目方は十九貫(約七十一キロ)。具足に兜を加えれば二十五貫(約九十四キロ)にもなる。そんな巨大な塊が、血相を変えて駆け寄り、勢いのままに抱き着いたのだからたまらない。信龍は後方へと吹っ飛び、茂兵衛に組み敷かれた。

(野郎、殺してやる!)

と、腰の脇差を抜こうとしたのだが——無い。落としたのか? や、心得として帯に結わえていたはずだ。おそらくは背中の方に回ってしまったのだろう。手を後ろに回して抜く余裕はない。となれば仕方ない。躊躇なく信龍の顔面を殴りつけた。相手は兜も面頬も着けていないから、よく効く。

(だからいつも言ってるだろう。兜と面頬は戦場の心得よ)

茂兵衛はかつて、綾女を犯した足軽を殴り殺したことがある。三方《みかた》ヶ原《はら》では武田の鎧武者《よろいむしゃ》を絞殺した。人を殺すのに刃物なんぞは要らない。茂兵衛は信龍の首を両手で絞めあげた。体重をかけると顔と顔が近づいた。信龍が両目を見開き、物凄い表情で睨んでくる。ただ、三方ヶ原の記憶では、この恐ろしい顔も、やがて白目を剝き、さらに絞めると喉の骨がボキリと折れて、ことは終わる。

（一条信龍、観念せい！）

と、全体重をかけたとき、左腰の辺りに違和感を覚えた。熱いような、痛いような——見れば、信龍が鎧通しと思しき短刀を、右手で逆手に持ち、茂兵衛の脇腹に突き立てているではないか。

（ああッ、この野郎！）

幸いほとんどは桶側胴が防いでくれているが、幾筋かは確かに腰に突き刺さっている。切先が腰骨に当たってガチガチと不気味な音を立てた。さほどの痛みを感じないのは激高している所為だろう。

左手で、信龍の右手首を摑んだ。首を絞める力が半減したので、信龍が上体を起こそうとする。

（ええい、面倒臭ェ！）

と、右手で信龍の大童となった頭髪を摑み、その顔面に兜ごと突っ込むようにして、強烈な頭突きを入れた。

「ぐえッ」

鼻と口から大量の鮮血を噴き、ようやく信龍は動きを止めた。

（て、手間ァかけやがって……）

気が抜けた所為か、左腰が猛烈に痛み始めた。太腿に生温かい血が伝わり落ちている。かなりの出血だ。さらに、頭が割れそうに痛む。肩も外れそうだ。茂兵衛は、自分の肉体がすでに限界を超えていることに気づいた。ほとんど失神寸前だったが、馬乗りになっている信龍はまだ死んではいない。彼をどうするか決めねばなるまい。

（こいつをどうするか？）

信龍は強く、勇敢だった。落ち目の主家を見捨てることなく、最後まで義に生きた。

（立派な武士《もののふ》じゃねェか……）

しかし、ここまで抵抗したのだ。「武田を根絶やしにする」と豪語している信長が信龍を許すとは思えなかった。後ろ手に縛られ、惨めに首を刎《は》ねられるぐらいなら、今ここで、ひと思いに殺してやった方が、彼のためではないのか。

しばらく考えた後、茂兵衛は意を決し、信龍の右手から鎧通しをもぎ取ると、

(往生されよ。ナンマンダブ、ナンマンダブ、ナンマンダブ)

瞑目し、三度念仏を唱えた後、短刀を彼の喉に突き刺した。

ことが終わり、フラフラと立ちあがってみて驚いた。

百人ほどの武者たちに囲まれていたのだ。

茂兵衛の配下もいれば、穴山衆の見知った顔もある。すでに上野城兵の掃討は済んでおり、茂兵衛と信龍の一騎打ちが最後の戦いだったようだ。誰もが茂兵衛を黙って見つめているだけ。表情はなく、感情も籠っていない。もし人が亡霊を見たら、きっとこういう顔をするのだろう。

(なんだってんだい……み、見世物じゃねェわ)

ヨロヨロと斜面を下り始めた。茂兵衛が進むと人垣が割れて道ができた。

「茂兵衛……」

辰蔵だ。朋輩《ほうばい》が声をかけてきた。

「大将首だぞ。今回ばかりは首級《しゅきゅう》を獲れ!」

辰蔵の言う通りだとも思うが、その気力は残っていない。

「……辰よ。すまんが、おまん、やってくれんか」

「ああ、分かった」

さらに歩くと、彦左が前に立った。柄にもなく、はにかむように微笑んだ。

「御立派でした。お頭」

「ああ、皆無事か？」

「軽い刀傷が数名。討死は無し」

「でかした……」

彦左の後方には左馬之助が立っていた。茂兵衛としばらく見合っていたが、やがて小さく会釈をした。その時、茂兵衛は大事なことを思い出した。

「ご、伍助！」

茂兵衛は左馬之助をその場に残して、死闘の現場へと駆け戻った。信龍の骸《むくろ》のすぐ近くに、少年は横たわっていた。正面からまともに槍の柄の直撃を食らったようで、血まみれの鼻が完全にひしゃげている。ただ、首に指を押し当てると、心の臓はまだ力強く拍子を刻んでいた。

「金瘡《きんそう》！　金瘡医を呼べ！」

振り向いた足軽大将が、声を震わせて叫んだ。

四

梅雪と茂兵衛が、家康から受けた下知は「市川に陣を敷き、様子を見よ」というものだった。信忠軍が順調なら出しゃばらずに待機する。逆に、勝頼の反撃に手こずるようなら、北上して助太刀するよう命じられた。布陣が長引く可能性もあり、堅城とは言い難いが、一応は土塁も空壕もある上野城へ、先鋒隊の陣を移すことになった。

梅雪は元気がない。

気が合う叔父——少なくとも彼自身はそう思っていた——から銃撃を受け、その叔父は非業に死んだ。梅雪が茫然と話したところによると、一条信龍は武田家の方針を巡り、かなり激しく勝頼と衝突していたらしい。激高した勝頼が、刀の柄《つか》に手をかける場面があって——

「どうぞお斬りなされ。信長ずれに斬られるよりは、主君に諫言《かんげん》し、斬られた方が名誉じゃ」

と、信龍は平然と睨み返したそうな。梅雪としては、信龍は勝頼に殉じるはずはなく、必ず降伏して徳川側に付くと確信していたのだ。ところが、結末はかくの通りで――。

いずれにせよ、彼は意気消沈し、適切に命令を下せる状態ではない。自然、茂兵衛と有泉大学助が上野城の片づけと本陣の整備を指揮することになった。

城内は何処も整然と片づけられ、掃き清められていた。攻め手の誰もが、一条家の死を前にした心得に感じ入った。母屋の奥では、二十人ほどの女房衆が喉を突き息絶えていた。裾が乱れぬよう膝を縛り、後生を願って線香を焚《た》き、どれも穏やかな死に顔であった次第だ。

「武家たる者、男子《だんし》も女子《おなご》も、最期はかくありたいものですな」

彦左がボソリと呟いた。

「一条家の御一党こそ、最後の武田武士であったのかも知れん。ワシは、恥ずかしい……」

と、有泉が目頭を拭った。

(恥ずかしい、だと？)

茂兵衛は、わずかに違和感を覚え、思わず嘆息を漏らした。

(これが梅雪の家臣の本音かよ……野郎も、家のため家来のためを思い、肚括っ

て武田を裏切ったろうに。哀れなもんだがや）

茂兵衛は農民の出だ。彦左や有泉が感応する美意識には、今一つピンときていない。たとえ反りの合わない主人でも、最後まで義を通し、主家に殉じる——言葉の上では、立派な行いだと理解できる。しかし、実際に自分がその場に置かれたら、家族や朋輩、家来たちのことを考え、主家を裏切るかも知れない。つまり茂兵衛には、梅雪の判断の方が、より親しみを感じられるのだ。

信龍の凄さはむしろ、二百人からの家来が、逃げ出すことなく、最後まで彼につき従った事実。兜も面頬も失くし、最後の一人となってもなお、茂兵衛に敢然と戦いを挑んだ不屈の精神にこそつきるのではあるまいか。武人としての茂兵衛が最も恐れる敵は、決して高潔な忠臣などではない。最後まで諦めずに挑みかかってくる執念深く往生際の悪い敵こそ畏敬の念をいだくのだから。

「お頭」

辰蔵が小走りにやってきて、茂兵衛の前に片膝を突いた。

「家康公の御本陣から、乙部様がお見えになりました」

ここで左右を確認し、少し声を落とした。

「それが……服部半蔵《はっとりはんぞう》様のお供としてお見えになりました」

「服部半蔵の、と、供だと⁉」

ふと二十日ほど前、駿府で乙部と大久保忠世が訪ねてきた夜のことを思い出した。

(八兵衛はやつれきっておって、確か「上役が難しい御仁だ」とかゆうとったなァ。誰だと訊いたら、なぜか大久保様が咳払いをして話を止めたんだ)

もしその「難しい上役」というのが半蔵だとしたら、大久保はなぜ、話を止めたのだろうか。

基本、服部半蔵は嫌われ者だ。徳川家中で蛇蝎《だかつ》の如くに嫌われている。

彼の役目は隠密の総元締めだ。乱破《らっぱ》や素破《すっぱ》を使い、敵国や隣国の内情を探るのはいいとして、その詮索の目を家中に向けるからいけない。狡猾な家康は「毒を以て、毒を制する」なぞと笑って是認しているようだが、探られる方は、主人にあらぬことを告げ口されそうで気が気ではないのだ。

あの晩、大久保と乙部は、茂兵衛に難題を押しつけに来た。煽《おだ》てて乗せて、梅雪の妻子の奪還戦に狩り出そうというのだ。それが嫌われ者の服部半蔵が背後におると知れば、茂兵衛が臍《へそ》を曲げかねない。だから大久保は、咳払いをし、半蔵の名が出ぬようにしたのかも知れない。や、そうに違いない。

半蔵と初めて言葉を交わしたのは三年前だ。天竜川《てんりゅうがわ》上流、国境の番城《ばんじろ》の麓《ふもと》だった。切腹した岡崎信康絡みで、同士討ちの寸前までいった。家康と家老衆にだけは絶対服従だが、それ以外には横柄で尊大不遜——絵に描いたような事大主義者なのだ。

（ま、いけすかねェ野郎ではあるけどな）

ただ、仕事はできそうだし、いけすかない奴は、半蔵以外にもごまんといる。

（求めて敵を作るまでもあるまいよ）

と、茂兵衛は自分を戒めた。

岩のような四角い体に、ひょろ長い手足の武士が部屋に入ってきた。まるで蜘蛛《くも》か甲虫のようにも見えるが、経験上、この手の体形の武者が、槍も刀も組み打ちも一番強い。半蔵の背後に隠れるようにして、乙部八兵衛も同席した。よほど半蔵に遠慮しているのか、茂兵衛に会釈すらしない。ずっと俯いたままだ。

（ハハハ、八兵衛の奴、どうりでやつれ果てとるわけだわ。服部半蔵、よほど難しい上役らしい）

「陸奥守様、植田殿、本日は服部半蔵、家康公の名代としてまかり越し申した」

強面《こわもて》の外見に似合わぬ、か細い声である。

「ご苦労にござる」

相変わらず顔色の冴えない梅雪が応えた。

「早速本題に入りまするが……家康公は、先鋒隊の遅れ具合に呆れ果てておられまする」

「あ、呆れ果て……にござるか？」

唖然とした梅雪が半蔵の言葉を繰り返した。

「左様にござる。中将《ちゆうじよう》様（信忠）が諏訪《すわ》から甲府に入り、甲斐善光寺に本陣を敷かれたのは三月七日にござる。本日は十日ゆえ、すでに三日の遅参と相なっており申す」

「しかし、それは……」

「信忠公への着陣の挨拶、乃至は遅参の謝罪を『なによりも優先させよ』と家康公は幾度も念を押されましてございます」

と、一方的にまくしたてた。

確かに、遅参と言えば遅参だろう。また、信忠は信長の後継者だ。彼の機嫌を損ねては一大事と、先鋒隊を急《せ》かし、尻を蹴り上げる家康の動揺や焦りも分からなくはない。

ただ、十一里（約四十四キロ）南の万沢宿を先鋒隊が発《た》ったのは、七日夜のことである。それまでは家康の判断で足止めされていたのだ。二千人を率いて十一里を走り、命令通り市川に布陣、休む間もなく上野城を攻め、半日かけずに攻略した。上野城は今や、甲府における徳川勢の拠点として機能している。現在は十日の夜だから、わずか丸三日でそれだけのことを成し遂げたのだ。そこまで頑張った挙句に、総大将から「呆れ果て」られては立つ瀬がない。

見れば梅雪は、剃り上げた頭から顔にかけて紅潮させ、今にも半蔵に食って掛かりそうな様子だ。

（そんなことしたら大変だら……この根性悪に恨まれて、後々偉《えれ》ェ目に遭うことになるぞ）

そもそも家康は、苛ついて梅雪と茂兵衛に軽く八つ当たりしているだけだ。不機嫌はすぐに直る。万沢宿からの出発が遅れたのは、北条への牽制のためだと家康は熟知しているのだから、このことで梅雪や自分が家康から本気で叱責されることはまずあるまい。

（多少は苛つかれとるようだが……ま、そこまで道理の分からねェ殿様ではない

わな)

と、茂兵衛は高をくくった。慌てることはない。今は、梅雪の怒りを抑えることの方が重要だ。

(いずれにせよ、ここで半蔵と揉めるのは得策ではねェ)

そう判断し、無言で虚空を睨みつけ怒りに震える梅雪の肩に、そっと触れた。

「陸奥守様、お供致しますゆえ、さっそくに善光寺に参りましょう」

「今からか? もう子《ね》の上刻(午後十一時頃)は回っておるぞ。甲府まで馬を飛ばしても、子の下刻(午前零時頃)に着けるかどうか……反って中将様に礼を失するのではないか?」

「ふん。三日も遅参した時点で、すでに礼は失しておるわ」

半蔵が独り言のように言い放ち、遂に梅雪が床几《しょうぎ》を蹴って立ち上がった。半蔵は立たない。薄笑いを浮かべて梅雪の顔を下から見上げている。

(半蔵が梅雪を挑発しとるのは間違いねェ……でも、なぜだ?)

半蔵の背後で俯く乙部に一瞥をくれたが、茂兵衛の目を見て小さく首を振るだけだ。

(半蔵とは揉めるなってことか? ま、ええわ)

「もし中将様がすでに御就寝であれば、我らは善光寺門前にて朝を待つのみにござる。むしろ、その方が我らの赤心が、中将様に伝わり易いかも」

「……………」

梅雪は半蔵を睨みつけたまま返事をしない。半蔵の方も、太々しく睨み返している。

「陸奥守様！」

と、梅雪の籠手《こて》を強く引いた。

「ほ、他ならぬ植田殿がそう言われるのなら、そう致そうか」

ようやく梅雪が分別を示してくれた。

「服部殿も同道されるのか？」

茂兵衛が半蔵に訊いた。できれば、この手の物騒な人物とはあまり長く一緒にいたくない。

「拙者は殿に報告に戻らねばならぬゆえ、少々頼りないが、この者をお供させましょう」

と、背後に控える乙部を指した。乙部が梅雪に小さく会釈した。

「聞けば、植田殿と乙部は、かの野場城《のばじょう》以来の腐れ縁だそうですな」

半蔵が、探るような目で下から覗き込んできた。

「ま、腐れ縁かどうかは存じませぬが……久しく昵懇《じっこん》にさせていただいておりまする」

正直に言えば、茂兵衛自身、乙部とは腐れ縁だと思っている。でも、他人が言うことではないだろう。つくづく服部半蔵は、暑苦しく嫌な男だ。

五

梅雪と茂兵衛は、その夜の内に、乙部とわずかな供回衆《ともまわりしゅう》だけを率いて馬を駆り、信忠の本陣へと馳せ参じた。

甲斐善光寺は甲府盆地の北方、躑躅ヶ崎館の南東半里（約二キロ）強に立っていた。

背後には愛宕山《あたごやま》と八人山《はちにんやま》が黒々と聳《そび》えており、空壕も巡らされてあって中世城館の趣が強い。信忠が本陣を置いた所以であろう。

深夜の訪問を、梅雪は「非礼では」と心配したが、杞憂だったようだ。夥《おびただ》しい数の篝火《かがりび》が焚かれ、開け放たれた巨大な楼門《ろうもん》を、千人ほどの織田勢が固めていた。信忠にとって、ここはまだ敵地である。敵将の武田勝頼は、十日夜現在、まだ行方が知れない。

織田信忠は、具足こそ脱いでいたが、深夜にもかかわらず、籠手と脛当《すねあ》てに陣羽織姿で茂兵衛らに会ってくれた。齢《よわい》は二十六。官位は左近衛《さこんえ》の中将。幼名が奇《き》妙丸《みょうまる》だったことでも知られる。「ぼんくら揃い」と評判の悪い信長の倅《せがれ》たちの中にあって、唯一例外的に大軍を任せられる器量と聞いた。付き従うのは、今回、甲斐掃討軍の軍監を務める河尻秀隆《かわじりひでたか》である。齢五十六で官位は肥前守《ひぜんのかみ》――信長の黒母衣《くろほろ》衆から抜擢され、大事な嫡男に家老として付けられた。

ちなみに、織田の黒母衣衆とは、馬廻や小姓などの信長側近衆からさらに選抜を受けた最精鋭部隊である。黒母衣の他に赤母衣があり、黒母衣は主に馬廻から、赤母衣は小姓から選抜された。赤母衣の筆頭者は、槍自慢の豪傑で前田利家《まえだとしいえ》という男らしい。茂兵衛は河尻と会うのは初めてだが、よほど文武に秀でた器量人なのだろう。

梅雪、乙部とともに伺候《しこう》し、一礼した。

「鉄砲大将の植田茂兵衛とは貴公か？」

開口一番、よく澄んだ通る声で訊かれた。岡崎城《おかざきじょう》内で一度だけ聞いた信長の声とよく似るが、若さの所為か父親より幾分まろやかで張りが感じられる。

「ははッ」

黙殺され、困惑する梅雪に気を遣いながら頭を下げた。

「一条信龍と凄まじい一騎打ちを演じたそうだな」

信龍の首級は、清拭《せいしき》した後、塩に漬けて首桶に入れ、今回善光寺まで手土産として持参している。この生首が遥々信長の元にまで旅をするのかと思うと、茂兵衛は軽い眩暈《めまい》を覚えた。

「顚末を聞かせてくれ。貴公の武勇伝が所望じゃ」

と、信忠が身を乗り出した。武辺《ぶへん》の話が好物のようだ。

ただ、己が手柄を誇ることは、取りも直さず信龍の名誉を貶《おと》めることにもなりかねない。武人としての意地をかけて戦った相手を、くさすのは嫌だった。またそれ以上に、信忠から黙殺され困惑している梅雪に配慮せねばなるまい。

(ま、ここは謙遜しとくしか、あんめいな)

「恐れながらそれがし、供の者の手を借り、やっと討ち取りもうした。武勇伝などとは程遠い戦いにございました」

「信龍は強かったか?」

「少なくとも、それがしよりは幾枚も上手《うわて》にございました」

実は、そんなことはない。信龍は槍、茂兵衛は打刀の圧倒的に不利な勝負だったのだ。ともに槍をとって十度戦えば、その内の八度か九度は、茂兵衛が勝っただろう。ただ、そんな思いは曖気《おくび》にも出さない。

「左様か……悪辣なる朝敵に落ちたとはいえ、主君勝頼に最後の最後まで殉じた義心は天晴《あっぱ》れな武士《もののふ》よ」

甲州征討の直前、信長の働きかけにより、正親町《おおぎまち》帝は武田勝頼を「東夷《とうい》」に認定した。東夷と呼ばれたからには、討伐されるべき朝敵である。ちなみに、東夷を討つのが征夷大将軍だ。

「武田武士も色々よのう……」

信忠は皮肉な笑みを浮かべ河尻を見て、意味ありげに頷き合った。

武田武士も色々——信忠の言葉が、梅雪と信龍の身の処し方を比べていること、勝頼を裏切った梅雪を快く思っていないことは確実だった。一人会話の外に置かれ、気まずさに赤面していた梅雪の顔が、今度は一気に青褪《あおざ》めた。

「こ、これはしたり……これはしたり……」

狼狽する梅雪だが、信忠は無慈悲に顔を背けてしまった。一座に冷ややかな空気が流れる。大人の河尻が、若い主人に代わって言葉を継いだ。

「陸奥守殿の処遇に関しては、上様の御指示を待たねばならぬ。我ら先鋒の一存ではどうにもならぬゆえ、そこはお察し下され」

河尻は、チラチラと信忠の機嫌を窺いながら、感情の籠らない声で梅雪に伝えた。

ただ、先鋒と言っても信忠は信長の嫡男で、次の天下人だ。乙部の言葉を借りれば「父の信長を恐れ敬うこと神のごとく」であるそうな。となれば、織田家内での梅雪への評価、就中《なかんずく》、信長自身の「主家を裏切った男」に対する不興が、倅の態度に如実に表れているということだろう。

「……………」

梅雪は、すっかり落ち込んでしまった。武田側から裏切者扱いされ、今度は寝返った織田側からまでも軽蔑される——立つ瀬がない。

確かに梅雪は勝頼を裏切った。信龍と比べられれば分が悪かろう。しかし、今は戦国の世だ。主家はおろか親兄弟、朋輩まで裏切って当然の乱世ではないか。

梅雪一人が四方から不忠者扱いされるのは、少し哀れだと思った。

（どうするかなァ。俺ァ一応、梅雪の寄騎だからなァ……寄親《よりおや》の窮地を見て見ぬ

振りもできんわなァ）

「中将様……一点だけ、宜しゅうございましょうか」

柄にもなく、信忠と梅雪の仲裁を買って出ようとしていた。信龍の首級が効いたのか、信忠は茂兵衛に好感を抱いてくれている。その気分を利用すれば、あるいは梅雪の弁護ができるかも知れない。

「もし、陸奥守様の此度《こたび》の御英断がなければ……」

背後から乙部が、茂兵衛の揺糸の辺りを指先で突っついた。「止めろ」と忠告しているのだろうが、委細構わず言葉を続けた。

「我ら徳川の一万五千、今も駿河の地で戦っておりましょう。こうして遅ればせながらも、中将様に御挨拶が叶ったのはひとえに……」

「だから、その点を含め、父上の御裁可を待つ。そういうことではないのか？」

信忠が、ピシャリと扉を閉めた。

翌三月十一日。勝頼一行は甲府の東にいた。甲斐東端の岩殿城《いわどのじょう》を目指していたのだ。城主の小山田信茂《おやまだのぶしげ》は武田二十四将に数えられるほどの名将だったが、俄《にわか》に変節し、勝頼の受け入れを拒絶した。

「越前守《えちぜんのかみ》、なぜじゃ！」

勝頼の怒りと絶望がしのばれる。

これにて万事休す。勝頼の命運は尽きた。

勝頼主従は、その場から北上して天目山棲雲寺《てんもくざんせいうんじ》を目指す。おそらくは武田家ゆかりの古刹《こさつ》で自刃するつもりであったのだろう。ところが、静謐な死さえも勝頼には許されなかった。途中で滝川一益《たきがわかずます》の手勢に追いつかれ、戦闘となった。

巳《み》の下刻（午前十時頃）、十六歳になる嫡男信勝《のぶかつ》、北条氏政の妹でもある北条夫人とともに、甲斐国守武田勝頼は、田野《たの》にて自刃。享年三十七。

ここに新羅三郎義光以来、長きに亘り甲斐を支配した武田宗家は滅んだのである。これは家康と徳川家から「武田という頸木《くびき》」が外れた瞬間でもあった。

その日のうちに、勝頼自刃の報せは、上野城にも届けられた。

大殊勲を挙げた滝川一益からの伝令が下がると、梅雪は、傍《はた》にも分かるほどに憔悴し、がっくりと肩を落とした。

「これはもう、戦というようなものではない」

勝頼の手勢が最後は三十七名だったことに、梅雪は殊の外衝撃を受けたようで、床几に座ったまま、天井を睨み、目頭を拭った。

「真っ先に勝頼様を見捨てたワシが申すのも笑止だが……天は、勝頼様と武田宗家を見限ったのじゃ」

梅雪から見て、勝頼は従弟であり義兄にも当たる。戦略を巡り、度々衝突した経緯はそれとして、肉親の情が涙を流させたのだろうか。それとも、名門武田宗家の終焉があまりにも惨めで、つい無常観に捉われたのかも知れない。いずれにせよ、梅雪は気落ちしていた。

「のう、植田」

「はッ」

「貴公には分かって欲しい。穴山と武田の家名を残すには、勝頼様には死んでいただくより他に道はなかった。あの信長公に睨まれた時点で、勝頼様の命運はすでに尽きておったのよ」

と、かつて手堅い外交で武田家を支えた男が、消え入るようなか細い声で呟いた。

実は梅雪、果たして織田徳川側に寝返るという判断が正しかったのか否か、今も自問自答しているという。

「御屋形様がおられた頃はよかった。信玄公はすべてを背負って下さった。我ら家臣は、御屋形様の意のままに動けばそれでよかったのよ。気が楽でな。調略に向かうのも、戦場に出るのも楽しかった」

信玄が死に、若い勝頼が武田の棟梁となったとき、一門衆筆頭として梅雪は初めて、甲斐全体のことを自分の頭で考えざるを得なくなったのだ。頭脳明晰ながら心がさほどに強くない梅雪に、重圧が圧し掛かり、精神は疲弊した。ついつい愚痴っぽくなり、肉親の気安さから勝頼に諫言することも度々であった。

今もなお信玄を信奉し、父と自分を比較する梅雪を、勝頼は毛嫌いするようになった。幾度も衝突し、結果、梅雪は徳川の誘いに乗り、勝頼を裏切った。

「ワシとしては、最善の選択をしたつもりでおったのよ」

ところが今、勝頼は非業の死を遂げ、梅雪自身は武田からも織田からも盛大に嫌われている。

「人間、疲れておると、正しい判断ができなくなるからのう。ワシは戦国武将には向かん。治世の能吏《のうり》とはなり得ても、乱世の奸雄《かんゆう》はちと荷が重かった」

と、また涙を拭った。

一方の茂兵衛は、ホッと胸を撫でおろしていた。

こうして武田宗家が完全に滅んだからには、穴山梅雪は家康と信長に忠誠を尽くし、媚を売って生きていく他に道はない。茂兵衛が、梅雪を刺し殺さねばならぬような事態は、あまり想定しないでもよさそうだ。上役として仕えている梅雪を、意外に小心で苦労性の梅雪を、直接自分が手にかけるのは、やはり気が進まなかったのだ。

(ああ、なるほどねェ……そういうことか)

ここで一つ思い当たった。

昨日、服部半蔵がやけに梅雪に突っかかるので「あれはなんだ?」と不思議に感じていたのだ。半蔵は、下には尊大だが、上には媚び諂《へつら》う人物だ。父である信長を恐れ敬う信忠の態度が、信長の梅雪に対する評価を表していたのと同様で、半蔵の梅雪に対する不遜な態度は、そのまま家康の梅雪に対する評価を表しているのではあるまいか。

天下の趨勢がほぼ決まった今、覇権を握った者たちは、動乱の時代には重宝された梟雄や奸雄といった「義より利を重んじる人物」を遠ざけ、たとえ少しトロくとも信龍のような利に走らない、義人の方を尊ぼうとするのではあるまいか。

だとすれば——主家を裏切った梅雪の未来は、八方塞がりとならざるを得ない。

現に、最後に勝頼を見限った小山田信茂は、直ちに信忠の前に伺候したが許されず、縄を打たれた。今は善光寺内で一族共々首を刎ねられる日を待つ身の上と聞く。ま、梅雪の場合、数年前から内応してきたこと、勲功一番の家康の口添えがあることなどから、当面首を打たれる心配はないとは思う。しかし、長い目で見れば、天下の覇権を握った信長や家康が、主家を裏切った者を、そのまま重用するとは到底思えない。梅雪の行く末を思い、茂兵衛は暗澹《あんたん》たる思いにかられた。

その後の論功行賞で、家康は信長から駿河一国を与えられた。これで彼は、三河、遠江、駿河——三ヶ国の太守となったことになる。かつて家康を人質とした今川義元《よしもと》の旧領に等しい。

また、甲斐の領主には河尻秀隆が据えられた。今後、武田の残党狩り、治安の回復、浅間焼けからの復興を一手に担うことになる。

織田家嫡男の付家老が甲斐の領主となったからには、梅雪と茂兵衛隊の居場所はない。むしろ煙たがられそうだ。さっさと撤退するに如《し》かず。

茂兵衛隊は、上野城を後にして、また長い道のりを引き返すことになった。二十日間で、駿河と甲府を二往復した計算になる。茂兵衛隊は、将も兵も軍馬も、誰も彼もが疲労困憊していた。

第四章　本能寺

一

天正《てんしょう》十年（一五八二）四月下旬の駿河国《するがのくに》江尻城《えじりじょう》――茂兵衛は、梅雪に呼び出され、登城することになった。

（嫌だなァ。行きたくねェなァ）

と、心中で嘆息しながら嫌々雷に跨った。

この二ケ月《ふたつき》の間、三つの人付き合いが茂兵衛を悩ませ、消耗させていた。

まず一つ目は、穴山梅雪との関係性である。

そもそも、この手の辛気臭い人物は苦手だ。自分の行動が武田からは裏切者、織田徳川からは不忠者と見られていることを気に病んで、なにしろ愚痴が多い。

それもどうしたことか、己が家臣より徳川からの寄騎《よりき》である茂兵衛を相手に愚痴を並べるのがお気に入りなのだ。

(たまらんがね)

主人家康の命令でここにいるのだから、好き嫌いを言える立場にはないが、どうにも鬱陶《うつとう》しい。

二つ目が綾女である。

綾女はあの夜以降、稀に江尻城で顔を合わせることがあっても、曖昧に微笑むだけで、茂兵衛への関心を失ったようにも見える。

彼女はハッキリ「もう終わり」「会わない」と宣言したわけだし、茂兵衛自身、色と情の部分では兎も角、理性では「その方がええ。もう会わん方がええ」と本気で思っている。曳馬城《ひくまじよう》で初めて知り合った頃の二人ではない。住む世界が違ってしまったのだ。無理に関係を続けても、上手くいくわけがない。

(ま、所詮、俺と綾女殿は縁がねェのさ。一度契れただけでも望外《ぼうがい》の幸せだと思い、欲はかかねェでおこう)

そう自分に言い聞かせるようにしていた。

で、三つ目が左馬之助である。

本人は「その気はない」と言っているらしいが、本当かどうかは分からない。ただもし左馬之助の言葉が嘘で、今も茂兵衛を狙っているとしたら、武人の勝負勘を働かせ、返り討ちにしてやればいいだけのことだ。逆に左馬之助の方が上手で自分が討たれたとしたら、平八郎ではないが――

(俺は、その程度の男だった……ということだら)

と、達観するようにしていた。

茂兵衛は、水濠《みずぼり》にかかる四つの橋を渡り、梅雪とその夫人である見性院、そして綾女が住む江尻城本丸へと入った。

「植田。ワシは三河守《みかわのかみ》様に伴われ、安土城《あづちじょう》へ伺候《しこう》致すぞ」

梅雪は上機嫌だった。

「ほう、信長公に会われるので？」

「うん。旧領を安堵していただいた御礼をかねてな」

信長は、家康のとりなしを受けて、梅雪の旧領である甲斐下山《かいしもやま》と駿河江尻の二ケ所を安堵してくれた。ただ――茂兵衛の想像だが、信長は梅雪に限らず「主君を裏切った者」を酷く嫌悪している。元々が猜疑心の強い男だから、一度裏切った者は二度裏切ると考えるのだろう。それが殿様というものだ。今回は家康の顔を立てたが、内心では忸怩《じくじ》たる思いだったのではあるまいか。後難が恐ろしい。

安土城で信長に拝謁した後は、家康共々、京《きよう》や堺《さかい》を見物して回るそうな。

「ほう、それはお楽しみにございまするな」

「貴公も一緒に来ぬか？　京や堺を見て、見聞を広げるのもまた、武将として悪くなかろう」

「身に余る、光栄にございまする」

と、一応は平伏したが、内心では困惑していた。

旧領を安堵された梅雪は「働きが認められた」と喜んでいるが、信長と家康が梅雪を快く思っていないことは、まず間違いなかろう。第六天魔王を自称する恐ろしい信長と、最近益々目つきが悪くなっている狸親父の家康から不忠者として憎悪されている梅雪に、なぜか茂兵衛は好かれ、頼られているのだ。

（これは……どうしたものかねェ）

できれば距離を置きたいところだが、梅雪の方から、こうして擦り寄って来るのだから困ってしまう。

（打ち首を待つ極悪人から、求婚された娘の心境……そんな感じだがや）

と、わけの分からぬことを考えたりしていた。

昨夜、一緒に酒を飲んだ乙部は――

「おまんが自分から言うのもなんだろうから、俺が平八郎様辺りにお願いして、穴山の寄騎から外してもらおうか」

「すまん。頼むわ」

と、頭を下げると、「なんの水臭い、我らは義兄弟のようなもんだがや」とさも可笑《おか》しそうに、声を上げて笑った。

（昨夜、野郎は確かに「義兄弟」と言った。義兄弟だと？　どうゆう意味だら？まさか綾女殿は、俺とのことを八兵衛に喋ったんじゃあるめいなァ）

乙部の腕の中で「いい年をして女房と遊女しか知らない初心《うぶ》な茂兵衛」を笑う綾女を想像し、屈辱感で頭が爆発しそうになった。一方、目の前の梅雪は、上機嫌で京の都の素晴らしさを語っている。

（結局よォ。乙部は俺より先に綾女殿を抱いたんだものなァ）

今も二人の関係は続いている可能性だってある。もしや綾女が言う「狡《ずる》い男」とは、乙部のことを指すのかも知れない。もし彼女が、茂兵衛より乙部を「大人の男」として上座に据えているとすれば腹が煮える。煮えくり返る。

（いっそのことよォ。乙部と綾女殿を二人並べて刺し殺してやろうか……それで

俺の悩みはあらかた雲散霧消だがや、ガハハハ……ふう）

息を深く吐き、ここで少し冷静になった。

（でも、ま、無理かァ。戦場でもねェ限り、そうそう簡単に人は殺せねェ）

それに、乙部は朋輩《ほうばい》だ。野場城《のばじょう》の頃は兎も角、今では百姓あがりの茂兵衛を軽んじたりはしない。大事な情報をもたらし、幾度か窮地を救ってくれた。

（憎い野郎だが、ま、殺すわけにもいかんか……綾女殿も、そこは同じだら）

もし茂兵衛に「青春」というものがあったとすれば、それは綾女がすべてだろう。や、野場城の籠城戦を始め、幾多の戦いも青春の一場面には相違なかろうが、血と汗と怒号に塗《まみ》れた、それは凄惨なものだ。青春という語彙の胸を突き上げるような甘酸っぱい印象からはほど遠い。綾女を手に掛けるということは、すなわち己が半生の全否定に等しい。

（やはり俺ァ、坊主に向いてるのかねェ……いけねェ、いけねェ。今は乙部や綾女殿どころではねェわ）

茂兵衛は、梅雪の前に伺候していることを思い出した。江尻城主に向き直り、改めて申し出を慇懃《いんぎん》に固辞した。

今回の家康上洛は、本願寺《ほんがんじ》を屈服させ、武田を滅ぼしたことで、ほぼ天下を手中に収めた信長の覇権を世に喧伝する、よき披露の場――そんな意味を持つはずだ。上杉、北条、毛利に先代までの覇気はなく、伊達《だて》と島津《しまづ》はあまりにも遠い。

信長の天下布武《てんかふぶ》は九割方「成った」と言っていいだろう。その信長の覇道に貢献した唯一無二の同盟者家康が、その股肱《ここう》の臣たちを引き連れて安土城を訪れ、信長の偉業を寿《ことほ》ぐ――最大の見せ場である。

酒井忠次、石川数正、本多忠勝《ただかつ》、榊原康政以下、綺羅星の如き重臣《おとな》たちが随行していることからも明らかだ。要は、徳川家の屋台骨を支える武将たちが安土に集い「信長を崇める」という舞台設定なのだ。

そんな晴れがましい場所に、自分のような昨日や今日の出頭人が同道していると、どんな陰口を叩かれるか知れたものではない。織田家の人々からは笑われようし、徳川の同僚たちからは反発を受けるだろう。いずれにしても、茂兵衛に得はないのだ。

「それがし、何分にも田舎者につき、京だ、堺だと言われると膝が震えまする。折角のお誘いではございまするが……」

「いやいやいや、辞退されてはワシの方が困る」

梅雪は真面目な顔で茂兵衛を制した。

「すでに三河守様の同意も得ておるのじゃ。今さら反故《ほご》にすると、ワシが変な目でみられよう」

「変な目にございますか？」

「左様。譜代衆でない寄騎を継子扱いして、仲間外れにした……とかとってつけたような理由である。

「陸奥守《むつのかみ》様……もしや、主人家康の意向が『植田茂兵衛を同道するように』でありますのか？」

「おお、よう分かったのう」

と、梅雪は安心したように相好《そうごう》を崩した。

家康が「いざとなったら梅雪を刺せ」と目の前の大男に命じていることを知ったら、梅雪は一体、どんな顔をするであろうか。

(殿様もお人が悪い。まるで「お前をいつでも刺せるように、茂兵衛を連れてこい」と言っているようなもんじゃゃねェか)

茂兵衛は呆れた。

(ま、君命とあれば仕方ねェか。ほんじゃ、従者は左馬之助を連れていこう。辰蔵は左馬之助に対して喧嘩腰だ、俺がいねェと、いつ殴り合いになるやも知れ

ん。災いの種を彦左一人に押し付けるわけにもいくめェしな）
安土、京、堺を巡る晴れがましい旅に同道し、酒でも飲ませて、左馬之助の機嫌をよくしてもらうのも悪くはなかろう。

二

天正十年（一五八二）五月三日の未明。穴山梅雪は、駿州《すんしゅう》江尻城を発《た》った。

轡取《くつわと》り、槍持ちなどの従僕を含めると総勢百人にはなる。

遠州浜松城《えんしゅうはままつじょう》までは二十五里（約百キロ）。四日かけて浜松に入り、数日を浜松で過ごした後、家康と共に安土へと向かう予定だ。

馬上の茂兵衛は菅笠《すげがさ》をかぶり、小袖に羽織、伊賀袴《いがばかま》の軽装である。茂兵衛の従者として付き従う左馬之助と富士之介も同様の姿だ。上野城戦《うえのじょうのいくさ》で殊勲の伍助は、槍持ちから徒士《かち》に昇進させ、依田という苗字を授けたが、顔の傷にはまだ養生が必要で、江尻城に残してきた。

有泉大学助以下の穴山衆とはすでに幾度も共に戦った仲であり、互いに気心が知れていた。彼らは茂兵衛と彼の鉄砲隊の戦いぶりを称賛したし、茂兵衛たちも、穴山衆が勇敢で頼れる戦友であることを認めていた。

特に有泉は、今は駿河江尻城下に住んでいるが、元は生粋の甲州人だ。武田勢の一員として三方《みかた》ヶ原《はら》や長篠《ながしの》にも従軍していた。

「ほうかい。では戦場ですれ違っておったかも知れんのう」

「貴公と出会わんでよかった。命拾いしたわ」

宿舎で酒など飲みながら、当時を振り返っては「ああでもなかった。こうでもなかった」と昔話に花を咲かせるのは楽しかった。

「俺ァ、尾張《おわり》衆より穴山衆の方がよほど付き合いやすいです」

と、道を歩く富士之介が、菅笠の端を少し持ち上げ、馬上の左馬之助に声をかけた。

「ほうかい」

無口でなにを考えているのか分かりにくい左馬之助が、興味なさげに応じた。

富士之介は茂兵衛の家来だ。同じ植田村の出身者で親の代からの付き合い。酒さえ飲まなければ、真面目で誠実な男だ。信頼がおけ、なんでも話せる。そんな彼を見込んで、左馬之助に対し、積極的に話しかけるよう命じておいたのだ。会話を通じ、左馬之助の心の垣根を取り払えないか、本音を聞き出せないかと茂兵衛なりに考えた末の策である。

「甲冑《かっちゅう》は、尾張衆の方が派手で綺麗だが、甲州勢の方が話が合いまする」

「そら、おまん、我らと甲州人が互いに田舎者ということだら」

左馬之助が珍しく軽口を言った。

「ま、そうかも知れませぬな。アハハハ」

大柄な富士之介が、さも可笑しそうに、大袈裟に笑ってみせた。

梅雪一行は、季節柄増水した安倍川《あべかわ》、大井川《おおいがわ》、天竜川《てんりゅうがわ》の渡河《とか》に手間取り、五日を要して五月七日に浜松入りした。

榎門《えのきもん》の近くの屋敷に戻ると、まずは生後三ヶ月になる娘の顔を見に行った。何時《いつ》も機嫌のいい美しい赤子で、そろそろ首が据わり始めている。

「あ、綾乃《あやの》だと？」

「お気に召されませぬか？　母が懸命に考えた名ですのよ」

夫の顔色が急変したのを目敏く見つけた寿美が、怪訝そうに覗き込んだ。

戦場で気が散じぬように、戦働《いくさばたら》きの妨げにならぬようにと、寿美は娘の名を今まで茂兵衛に秘してきたのだ。初めて聞く娘の名が、綾女と一文字違いであることが茂兵衛をドギマギさせた。義母が綾女のことを知るはずもないから、単なる偶然ではあろうが。

「や、良い名だと思ってな……綾乃、綾乃、綾乃。実に素晴らしい」

茂兵衛は愛娘《まなむすめ》の名を三度呟いてみた。綾女とのことは、もう縁はないと諦めているが、綾乃のことは、名前がどうあれ、命を懸けて護ると誓った。


留守宅の妻に書いた手紙を辰蔵から託されていた。文を渡しがてら、タキの顔を見に行くことにした。亭主の留守宅に上がり込むのは不躾だが、ま、兄貴が妹の家を訪れるのだから構わないだろう。

一人で行っても妹と二人では間が持たない。そこで、丑松を誘った。丑松はずっと浜松にいる。主人である平八郎が浜松から動かぬからだ。

旗本先手役《はたもとせんてやく》も大所帯となり、大久保忠世は二俣城《ふたまたじょう》、本多広孝《ひろたか》は田原城《たはらじょう》、大須賀康高は横須賀城《よこすかじょう》など、今は城持ちとして広くなった領内各地に散っていた。茂兵衛も、梅雪の寄騎として駿河国に駐屯している。しかし家康は、平八郎と榊原康政だけは手放さなかった。浜松城に常駐させ家康直属部隊の指揮を執らせた。二人がそれだけ傑出した武将だったことは間違いないが、それ以上に、極めて直情的な性格の猛者《もさ》二人を、目の届かぬところに置くのが家康としては不安だったのかも知れない。平八郎と小平太を放し飼いにすれば、来月にも天下を相手の大戦を始めかねないからだ。

ただ、理由は兎も角、お陰で平八郎の家来である丑松はいつも女房子供と一緒にいられる。この七年間で三人の男子と二人の娘に恵まれた。今も一人、女房のお腹にやや子がいるという。これに先夫の娘を含めれば合計七人だ。

「たァけ。おまん、他にやることたァねェのか？」

辰蔵邸の座敷で、タキが出してくれた酒を舐《な》めながら、子沢山の弟をからかってやった。

「兄《あに》ィ、俺ァものすごく幸せだァ」

「たァけ。腑抜けた面をするな」

例によって「死ね」と呟き、阿呆の月代《さかやき》を平手でペチンと叩いた。

亭主の手紙を食い入るように読んでいたタキが顔を上げ、次兄を打擲《ちょうちゃく》する長兄を見て「乱暴ねェ」と顔を顰《しか》めた。タキはすっかり武士の奥方になりきっている。こちらも幸せそうだ。

「兄ィよォ」

「あ？」

「今回の安土行きには俺も行くぞ」

平八郎が「茂兵衛とゆっくり話せ」と気を遣い、従者に交ぜてくれたらしい。

「相済まねェこったなァ。平八郎様は俺ら兄弟の大恩人だ。おまん、気ィ入れて御奉公しろよ」

「うん」

と、頷いた顔が嬉しそうに微笑んだ。

一夜限りとなった浜松滞在の夜、茂兵衛は寿美と同衾《どうきん》した。

他所《よそ》で女を抱いた後ろめたさがあり、少し緊張したのだが、やれる範囲のことはやった。茂兵衛は寿美にとって三人目の亭主である。彼女の体は、それなりに練れており、元々悦びは深い性質だ。それが初めての出産を経て「どう転ぶものやら」と自分でも相当案じていたようだが、杞憂にすぎず、夫婦は幾度も激しく求めあった。

「それがね……」

暗い閨《ねや》の中、茂兵衛の太い腕に抱かれた寿美が言葉を継いだ。

「度々茜《あかね》に、季節の水菓子《くだもの》など持たせて遣わすのですが、女主人が出てきたためしがないらしく……」

寿美は内助の功を発揮し、左馬之助の留守家族に色々と気を遣ってくれているようだ。元より、茂兵衛を父の仇と狙う——のかも知れない左馬之助の懐柔が目的ではあろうが。ただ、先方の頑な態度はまったく変わらないらしい。茜は、寿美に仕える若い女中だ。彼女自身は身分の低い一奉公人かも知れないが、左馬之助の上役の妻からの使いなのである。本来ならば、女主人である左馬之助の母が応接すべきところだ。ある意味、無礼であろう。

なんでも、その母というのが気の強い老女で、一人息子の左馬之助は、今も頭が上がらないのだという。

茂兵衛とその鉄砲隊は現在、江尻城に駐屯している。未だ独り身の左馬之助も屋敷を空けており、老母が三名の奉公人を率いて倅《せがれ》の留守を守っていた。

「もしや、あの母親が元凶なのでは？　左馬之助殿は、母上にせっつかれておられるのでは？」

夫が足軽に倒されたことが屈辱で、倅に仇を討つよう求め続けている母。倅には現実が見えており、すでに仇討ちの意思を捨てているのだが、老母にそれを言い出せないでいる――と、寿美が分析してみせた。

「おまんのゆう通りだとすれば……どえらい孝行息子ではねェか」

「貴方《あなた》ったら」

妻が呆れたように呟いた。

「なにを悠長なことを……上役を殺して親孝行なんぞと、私、聞いたためしがございませんわ」

闇の中で妻から叱られ、茂兵衛は苦笑した。

翌朝、五月八日の未明。梅雪一行を伴った家康は、慌ただしく浜松を発ち西へ向かった。

茂兵衛や穴山衆にとっては、延々と二十五里（約百キロ）を進み、ようやく浜松に辿り着いたすぐ翌日の出発である。せめてあと一日ぐらいは休ませて欲しい。ただ、家康にも事情はある。梅雪の浜松到着は、雨の影響で予定より一日遅れた。信長は家康に「五月中旬に安土に来られよ」と伝えてきていた。その場合、きっかり十五日に到着しないと信長の機嫌を損ねる恐れがある。浜松と安土は直線距離では三十八里（約百五十二キロ）ほどだが、鈴鹿《すずか》山脈を大きく巻くので、五十里（約二百キロ）を歩かねばならない。途中幾つか増水した大河を渡る必要もあり、日程的に余裕がなかったのだ。同盟者とは名ばかりで、実情は家来扱いされてばかりいる家康は、十五日の安土到着を目指し、一行を急がせた。

濃尾《のうび》平野を速足で横切り、木曾川《きそがわ》、長良川《ながらがわ》、揖斐川《いびがわ》の三大河を渡河した。

六日後の五月十四日未明に大垣《おおがき》を発つと、左右に低い山並みが望まれるようになった。これから琵琶湖畔《びわこはん》までの五里（約二十キロ）ほど、山間《やまあい》の道を進むことになる。右手は北方から下がってきた伊吹《いぶき》山地の南端、左手は南方からせり上がってくる鈴鹿山脈の北端である。ただ、どちらの山容も、街道から眺める限りは長閑《のどか》な里山の風情であり、鬩《せめ》ぎ合う二つの巨大な山塊の鞍部を抜けているとの印象はあまりない。

不破《ふわ》の関《せき》（関《せき》ケ原《はら》）を過ぎた辺りから、道はだらだらと上り始めた。長旅の疲れが募ったところに、この上り坂である。誰もが無口になり、俯き加減で歩を進めた。

「こら茂兵衛、ちょっと参れ！」

行列の前方で平八郎が呼んだ。口調が荒い。機嫌が悪いようだ。茂兵衛は梅雪に一礼し、雷の鐙《あぶみ》を蹴った。

（姉川《あねがわ》の戦いへ赴くときも、平八郎様に絡まれたんだわ。ちょうどこの辺りではなかったかのう。平八郎様にも旅の疲れが出よる。ムシャクシャして俺に八つ当たりするんだわ）

元亀《げんき》元年（一五七〇）六月。家康は信長の要請で兵五千を率い、遥々岡崎《おかざき》から琵琶湖畔にまで馳せ参じ、姉川で兵力一万の朝倉《あさくら》勢と激闘を演じた。あの時も、この辺りで平八郎は、茂兵衛に信長への悪態をついた。今回も、信長に命じられて琵琶湖を目指している。嫌な予感がする。

「お呼びで？」

「たァけ」

いきなり腐され、睨まれた。その目つきがまた、なんとも険悪だ。

「ワシはのう、今、ようやく気づいたがや」

「気づく？　なにをにございまするか？」

姉川の頃、茂兵衛はまだ足軽で、騎馬でゆく平八郎の後方を、馬糞を踏まぬように気をつけながら歩いたものだ。十二年が経ち、今は馬で颯爽《さっそう》と駆けつける。これも平八郎が目をかけてくれたお陰だ。愚痴ぐらい幾らでも聞く気でいたのだが、今回ばかりは、話の内容がちと不穏過ぎた。

「こ、殺される？」

「おうよ。信長はなァ……殿を殺す気だがや」

さすがの平八郎も後半は声を絞った。

武田を滅ぼした信長は、家康に駿河一国を与えた。二十数年に亘る家康の献身に対し、少な過ぎる恩賞とも言えたが、その駿河一国すらも信長は「惜しくなったに相違ない」と平八郎は言うのだ。

「殿さえ殺せばよォ。すでに跡取りの信康公は三年前に殺しとるから、駿河はおろか三河、遠江《とおとうみ》までが信長の手に入る。殿を物見遊山に誘い、丸裸にした上で、殺してしまう算段に相違ねェわ」

と、平八郎が確信に満ちた顔つきで、茂兵衛の目を覗き込んだ。

荒唐無稽——だとも思ったが、こういうとき、言下に否定すると平八郎は激高しかねない。

「なるほど」

と、顰め面をして、深く頷いてみせた。

「で、いかがなさいますか？」

「うん。この先の馬場宿《ばんばじゅく》で倅の信忠が迎えに来るそうな。ワシが信忠の首に短刀を突き付けて攫《さら》う。殿が無事、浜松に戻られるときまで、信忠を人質にとる」

「もし、それでも信長が攻めてきたら如何致しまするか？」

「信長の嫡男の首が、胴体から離れるわなァ。や、痛快、痛快」

と、さも可笑しそうに笑った。

「信長には、信忠以外にも多くの倅がおりまする。中でも次男信雄《のぶかつ》、三男信孝《のぶたか》はすでに成人しており、信長はさほど嫡男に執着しないのでは？」

「え……」

平八郎の顔色が変わった。

「の、信忠では人質にならんと申すのだな？」

「御意ッ」

「……ならば、別の策を考えにゃあならん」

がっくりと肩を落とし、鞍の上、急に元気がなくなった。

「明朝まで時を下され。それがし、なんぞ策を考えますゆえ」

「ほうかい。では頼んだぞ。伏兵がおるやも知れぬゆえ、ワシは殿のお側に張り付いとるから」

「委細承知！」

平八郎は鐙を蹴り、家康の方に向けて駆け去った。

（これでええわ。馬場宿について飯でも食って一晩寝れば、明朝にはすっかり忘れておられよう）

平八郎は、決して馬鹿ではない。ま、多少は奇矯な部分もなくはないが、一応は心も頭もまともだ。要は、疲れである。先日、梅雪も言っていたが、人間は疲労が溜まると正しい判断ができなくなるものなのだ。

「本多殿はなんと？」

隊列の後方に戻ると梅雪が不安そうに尋ねてきた。

「や、長旅で疲れとるところに、この上り坂……愚痴を零《こぼ》しておられました」

「……左様か。確かに、いつまでも続く長い坂道ではあるな」

梅雪は、長い坂道に己が人生でも見出したのか、目を瞬《しばたた》き、遠くを見た。

また、静かな行軍が再開され、誰もが黙って坂を上り始めた。

（最前は荒唐無稽だと思ったが、どうだろう？　信長が我が殿を殺すかな？）

茂兵衛は心中で「平八郎の着想」を吟味してみた。

家康が率いるのは、足軽や従僕を含めて四百ほどだ。出征ではなく、むしろ平和を演出するための旅だから、弓も鉄砲もわずかしかない。甲冑を着込んでいるのは護衛の馬廻衆《うままわりしゅう》が二十騎だけ。戦国最強との呼び声も高い三河衆と武田武者の伝統を受け継ぐ穴山衆でも、裸武者では戦えない。

(弓鉄砲を持った千人の軍勢に襲われたら、イチコロだがね。殿様を裸武者にしといて、一気に殺しちまう。なんなら安土城内で一服盛ったってええんだ……信長ならやりかねんか?)

しばらく考えたが「ま、ねェだろう」と判断した。

巷間「三河守は犬のよう」とよく言われた。

清洲《きよす》同盟以来の二十年、家康はただの一度も信長を裏切らなかった。殺せと命じられれば妻子をも殺した。もし、そんな犬のように従順で律義な同盟者を騙し討ちにすれば、もう誰も信長を信用する者はいなくなるだろう。それが今後、彼の天下運営にとってどれほどの損失となるか。三河、遠江、駿河三ヶ国の価値に勝る信用を信長は失くすことになる。

(だから、殿は殺されねェ)

そう確信し、このことはもう忘れることにした。

三

翌五月十五日。浜松を出てから七日後、家康一行は無事安土へ到着した。

二月に駿府へ入城したときは、初めて都会を見た気がしたものだが、今こうして安土の城下を眺めれば、駿府はいかにも鄙《ひな》びていた。おそらく街の規模や賑わいがどうこうではあるまい。行き交う武士の、町人の、男の、女の顔つきがえらく違って見える。笑顔も、泣き顔も、怒る顔も、なにしろ振幅が大きいのだ。喜怒哀楽がハッキリと傍から見てとれた。

（田舎じゃ誰も、手前ェの気分を押し殺して生きとるからのう。一度しくじると逃げ場がねェからなァ）

茂兵衛自身も、大きなしくじりをやらかし、村におれなくなった口だ。

ふと感じた。

（こういう面ァ、以前どこぞで見た覚えがある……ああ、ほうか）

——十九年前の東三河だ。夏目次郎左衛門に仕える直前、丑松を預けに行った勝鬘寺《しょうまんじ》の寺内町《じないちょう》で見た顔つきだと思い当たった。

(ほうだら。あれとよう似とるがね)

乱世は百年続いている。せめて出世の希望がある武家と違い、庶民は搾り取られるばかりの百年だった。米を取られ、銭を取られ、亭主や倅まで掠め取られる。夢も希望もなく、只々俯いて暮らしてきたのだ。それがある日「なにも怖がらず気儘《きまま》に生きたらええ。死ねば阿弥陀様が救って下さる。極楽へ行ける」と、嘘か真《まこと》か分からぬ説教を垂れる坊主が辻に立った。庶民は賢い。頭の隅では「そんな美味い話はあるまい」と分かっていながらも、その嘘に懸けた。すると不思議なことに霧が晴れた。死んでも往生できる。死ぬのは怖くない。槍も鉄砲も領主も怖くない。嘘から出た真——人々は城郭のように防御された寺内町に集い、自由気儘に笑い、泣き、怒るようになったのだ。

信長の安土城下は、楽市楽座である。織田領内は年貢も穏当だ。連戦連勝で戦のない夢のような世界が目前だという。

「信長様を信じ、付いていこう。誰もが自分らしく生きられる世に連れて行って下さる」

庶民はやはり「そんな美味い話はあるまい」と思いながらも、信長に懸け、勝鬘寺ならぬ安土城下へと集った——ま、そんな感じであろうか。

（信長さんと阿弥陀さんは似とるのかねェ。信長かァ……随分とおっかねェ阿弥陀様だら）

と、内心で苦笑した。

琵琶湖に忽然と突き出した小山の上に立ち、地上五層六階の巨大な天守を戴く安土城は、茂兵衛などの古風で保守的な美意識からは完全に逸脱していた。

要は「見たことがない城」だったのである。

（凄ェこたァ凄ェが……これが城か？　俺ァ気に食わないねェ）

金色と朱、緑青と白で華麗に塗り分けられた天守――信長は「天主」の文字を当てているらしい――は、まるで仏塔のようにも見える。

（山の頂上に派手な五重塔をおっ立てて、なにがしてェんだ？　そもそも天守への上り口が四つもあるってのが危なっかしい。大手側と搦《から》め手《て》側の二つで十分だら。この城は、籠城戦には向かねェぞ）

手をかざして眺めれば、麓《ふもと》から続く幅広の長く真っ直ぐな石段が、天守にまで連なって見える。

（呆れた。不用心にもほどがある。天守まで一気に駆け上れるがね）

無論、大階段は天守にそのまま繋がってはいない。上り詰めれば、多少は右左に折れ曲がっていた。階段の両脇には重臣たちの屋敷が立ち並び、それらは各々曲輪《くるわ》の役目を果たすから、横矢も射かけてくるだろう。

それでもなお、茂兵衛のように、城攻めに精通した武人の目で見れば、安土城が激しく長い籠城戦に耐えられる堅城とはとても見えなかった。

「ああ……」

深い嘆息の声が、茂兵衛を我に返した。傍らの有泉大学助であった。

「我が殿が、勝頼公を早々に見限り、織田様や徳川様に付いたのは正解であったと思う。こんな唐天竺《からてんじく》にも無さそうなものを造る勢力と張り合っても、勝てるわけがないわ」

安土城の天守を見上げ、有泉が肩を落とした。

「それだけ、陸奥守様に先見の明があったということだら」

「ま、ほうだのう」

有泉が寂しげに笑った。

安土城内には、臨済宗の摠見寺《そうけんじ》という大きな寺があり、その塔頭《たっちゅう》の一つである大宝坊《だいほうぼう》が、徳川勢の宿舎に指定された。

明智日向守《あけちひゅうがのかみ》が接待役として直接に指揮を執り、昼は能楽鑑賞か茶会、夜は酒宴と、連日豪奢なもてなしが続いた。楽しくもあったが、ここまで連日の酔狂が続くと正直――

(毒を盛られる気配はねェが、食い過ぎ、飲み過ぎで殺す魂胆ではねェのか?)

と、茂兵衛は本気で不安になった。

茂兵衛は酒が嫌いではないが、酒豪といわれるほどには強くない。酒宴で強《したた》かに酔い、庭に出て夜風に吹かれていた。亥《い》の下刻(午後十時頃)を回り、黒々と静まる鈴鹿山脈の山並みに、寝待月《ねまちづき》がいびつな顔を覗かせた頃――

「おお、鉄砲大将の植田ではないか?」

振り返れば、荒小姓と見える大柄な二人を従えた信忠が、相好を崩して立っていた。

「これは中将《ちゅうじょう》様、御機嫌麗《うるわ》しゅうございまする」

慌てて威儀を正し、平伏した。

「酔いでも覚ましておったのか?」

「はッ。あまりに楽しき宴《うたげ》なれば、些《いささ》か飲み過ぎましてございまする」

「実は、ワシも少々酔いが回ってな。月も上ったことではあるし、どうじゃ、二人してここで風に当たろうではないか」

と、平伏する茂兵衛のすぐ隣に腰を下ろしてしまったのだ。

（おいおいおい……どうすんだ、これ？）

相手は従三位左近衛《じゆさんみさこんえ》の中将——貴人である。早い話、三河守の家康より官位が上だ。足を崩すこともなく、そのまま控えていることにした。途方に暮れる茂兵衛の気分を察してか、せっかく山の端を離れた寝待月は、雲に隠れてしまった。

「不躾なことを訊くが、今お主は、如何ほどの分限じゃ」

「年に二百五十貫（約二千五百万円）を頂戴しております る」

正直に答えると、信忠は苦笑した。

「新介《しんすけ》、お前の俸給は幾らか？」

と、背後に控える荒小姓に振り向き、質《ただ》した。

「五百貫（約五千万円）にございまする」

新介と呼ばれた荒小姓が大きな声で答えた。声も態度も体も頭抜けて大きな若者だ。敵として戦場では会いたくない。ちなみに五百貫の俸禄は、大体千石の知行に相当する。

「弥三郎《やさぶろう》は？」

「八百貫（約八千万円）、頂戴しておりまする」

弥三郎は小声で答えた。体はゴツイが、理知的な若者だ。

ま、大名の小姓を務めるのは大概名門の子弟だから、禄が高めなのは当たり前だが、身分的には足軽大将の方が上のはずだ。

「鉄砲大将が二百五十貫か……五百石ねェ。三河守殿は、天下の名将ではあるが、如何せん御家来衆にはちと吝嗇《りんしょく》なようじゃな」

「と、とんでもございません」

主人を「吝《けち》だ」と言われ、素直に頷くわけにはいかない。

「三河や遠江は、尾張や近江《おうみ》などとは違って草深い田舎。少なめな俸禄でも十分豊かに暮らしていけるのでございます。それがし、二百五十貫を不満に感じたことは一度もございませぬ」

と、慌てて打ち消してはみたが、三河衆の間で「うちの殿様は吝《しわ》い」は、酒席での常套句となっている。

家康といえば、金色に輝く贅沢な金溜塗具足《きんためぬりぐそく》が有名だ。しかし、あれは人質時代の家康——往時の元康《もとやす》が、あまりにみすぼらしい甲冑を平気で着用しているのを今川侍から笑われ、憤慨した家臣たちが銭を出し合って買ったものである。元康は家臣たちに礼を言ったが、決して嬉しそうではなかったらしい。ことほど左様に忠誠心抜群の三河者の目から見ても、家康は筋金入りの吝《けち》なのだ。

「お主、渥美《あつみ》の農民の出だそうだが、まことか？」

「はッ。まごうことなき、代々の百姓にございまする」

どうやら信忠、茂兵衛の身辺を調べたようだ。

（な、なんだ？　どういうことだ？）

少し警戒した。

「農民の出のお主にとって、徳川家は些か風の通りが悪かろう。なに、悪く言ってるのではない。古く伝統のある御家では新参者は冷や飯を食わされる……有り勝ちな話よ」

どう応えていいのか分からず黙っていたが、内心では、家康の側近たちの冷ややかな眼差しを思い出していた。

「その点、織田家はよいぞ。五人おる大将格のうち、譜代衆は柴田《しばた》と丹羽《にわ》のみ。明智と滝川と羽柴は、どこの馬の骨やらも分からん出自よ。己が腕一つで富も名誉も摑み取れる。それが織田家じゃ。ワシも父上のやり方を必ず踏襲する」

「……」

話の先が徐々に見えてきた。

「どうじゃ植田。ワシの家臣にならんか？」

信忠が顔をズイッと近づけた。その時、雲の狭間から寝待月が顔を出し、信忠の端正な顔を照らした。

魅力的な誘いだと思った。信忠は、ほぼ確実に二代目の天下人となる。その彼から直接勧誘を受けたのだから誇らしい。茂兵衛の脳裏に、天下人の直臣《じきしん》となり五百挺からの鉄砲隊を指揮する自分の姿が浮かんだ。

「し、しばらく御猶予を賜りたく存じます」

平伏しながら答えた声が、不覚にも裏返ってしまった。

「おう。ゆるりと考えよ。戦はまだまだ続くさ」

月に照らされた次代の天下人が苦く笑った。

翌朝早く、茂兵衛は、左馬之助一人を誘って琵琶湖畔へ出た。万に一つ、本当に信忠の家来になるとしても、左馬之助との因縁を放置して他家へ移るわけにはいかない。立つ鳥——の譬《たと》えもあることだし、「織田家へ逃げた」と笑われるのも癪《しやく》だった。

北東へ八里（約三十二キロ）ほど行けば、姉川の古戦場がある。姉川河畔で、茂兵衛と左馬之助は、本多平八郎を証人として約定を結んだ。

「姉川かァ。季節も今頃だったかなァ」

「六月二十八日にございました。とても蒸し暑い日で」

左馬之助はしっかりと覚えていた。

あの頃の茂兵衛はまだ足軽で、左馬之助は当時から騎乗の身分だった。十二年経った今、二人の立場は逆転、足軽大将である茂兵衛の下に、左馬之助は二番寄騎として仕えている。

「俺ァ、千石取りにはなれんかった。おまんに首もやらんかった。つまり、約定を破った形だ」

左馬之助を配下に抱えるようになって一年半が経つ。茂兵衛がこの話題を左馬之助に投げるのは、今回が初めてだ。

「もう、お頭の首級《しゆきゆう》は諦めました。幾度も申したはずにござる」

「俺は直接には聞いておらん」

「聞かれませんでしたからな」

どうも打ち解けた会話などする気はないようだ。ただ、もしも昨夜の信忠の誘いを受ければ、遠からず茂兵衛は千石取りになるだろう。そうすれば、左馬之助との約定も果たしたことになりはしないか。

「で、その言葉、本気か？　本気で諦めてくれたのか？」

左馬之助はそれには答えずに、曖昧な笑みを浮かべるだけだ。しばらく沈黙が流れた。

（ふん。結局「はい」とは言わねェわけだ）

喉元まで「仇討ちは、お袋様の御意向なのか？」との言葉が出かかったが、機嫌を害される恐れもあり、自重した。

梅雨《つゆ》の晴れ間の一日で、対岸の比良山地《ひらさんち》に朝陽が反射して眩しかった。風もなく湖面は鏡のように静まっている。

「これは仮の話だ。そのつもりで聞いて欲しいのだが、もしおまんが、本気で恨みを忘れてくれるというなら、俺ァ今後、足腰の立つ限り、横山軍兵衛様の命日には墓参を欠かさねェと誓わせてもらうが、どうだ」

「それは……」

しばらく沈黙が流れた。

「過分なことと思いまする」

左馬之助はわずかに頭を下げたが、声音《こわね》は木で鼻を括ったような冷めた印象が強かった。

(ま、ええわ。今日はこの辺にしとこう。あまり先のことを案じ過ぎても仕方がねェからな。ひょっとして、次の戦で左馬之助も俺も討死するやも知れんし。俺が千石取りになるやもしれん。人の運命なんぞ、分かるもんかい)

信忠の爽やかな笑顔を思い出しながら、そんなことを考えていた。

四

五月二十一日。安土を発った家康一行は、大津《おおつ》から志賀《しが》峠を抜け北白川《きたしらかわ》へと至り、その日のうちに京へ入った。

茂兵衛は京の都を、高い城壁に囲まれた唐土風《もろこしふう》の城塞都市と勝手に想像していたのだが、実情は城塞には程遠いものであった。まだ御土居《おどい》や壕もなく、十ヶ所ほどある関所も機能しているとは言い難い。入ろうと思えば、どこからでも自由に行き来ができた。ま、言ってしまえば不用心。

（そういえば甲府《こうふ》の城館も、安土城も、不用心な城だったよなァ）

梅雪の穴山氏館《あなやましやかた》も、一条信龍の上野城も、ともに平城で、壕も土塁も御座成りな造りだった。武田宗家の躑躅ヶ崎館《つつじさきやかた》も、織田勢の侵入に備えるために、勝頼は新府城《しんぷじょう》を築かざるを得なかったのだ。さらに、安土城の不用心は先日見た通りだ。

（つまり、信長も信玄も、京の朝廷と一緒で、手前ェの土地が「攻められる」ことは想定してなかったってわけか）

「なるほどね」

と、思わず声に出してしまい、雷の傍らを歩く富士之介が驚いて主人の顔を見上げた。

信長や信玄にとって、城とは「攻めるもの」であって「攻められるもの」ではなかったのかも知れない。

高天神城《たかてんじんじょう》攻めの際、横須賀城の石垣を遠望した彦左は、「兄からの受け売り」と謙遜しながらも、城の役割の変化を指摘していた。

安土城も然りだと思った。

信長は端《はな》から、戦国の城を築く気はなかったのだ。安土城は、信長の武威《ぶい》の象徴であり、乱世の終焉の象徴として建てられた。茂兵衛が安土城の天守を「五重塔に似ている」と感じたのは、そういうことだったのかも知れない。

（本当に戦のねェ世がくるのかね？　そりゃめでたいし、結構なことだが……）

戦働きしか能のない自分などは、前世の遺物と化す可能性が高い。信忠からの誘いも反故にされそうだ。

三条通《さんじようどお》りの関所を抜け、洛中《らくちゆう》へと入る。小姓が馬で来て、家康が茂兵衛を呼んでいると告げた。

「植田、参りました」

馬から下り、地面に片膝を突いた。家康は辻に馬を止め、酒井忠次らと言葉を交わしていた。

「うん。おまん、中将様となんぞあったんか？」

「いえ、なにもございませんが……」

内なる動揺を隠し、素知らぬ顔で答えた。家康の背後にいる服部半蔵が目に入った。皮肉な笑みを浮かべ、茂兵衛を見下ろしている。こちらの思惑をすべて見抜かれているようで怖い。

（まさか信忠様、殿に「茂兵衛が欲しい」と捩《ね》じ込んだのではあるまいな）

と、不安に駆られた。

ただでさえ、徳川家内には闇雲に茂兵衛を嫌う者が多いのだ。百姓の出自、足軽大将への出世、果ては御一門の姫を娶《めと》ったことまでが妬み、嫉《そね》みの種となっている。この上、信長の嫡男に気に入られ、高禄で召し抱えられて云々——そんな噂が流れれば、どれほど虐められるか。下手をすると邪魔が入り、話を潰されかねない——茂兵衛は激しい眩暈《めまい》に襲われた。

「おまんが、武田の騎馬隊を叩いたろう?」

見性院と勝千代を救出に向かったときのことだと、すぐに察しがついた。

「中将様、あの話をどこぞで仕入れてこられたようでな。京に滞在中だけおまんを貸せと仰る。ご自分の鉄砲隊を教練して欲しいそうな」

「……はあ、鉄砲隊を」

どうやら信忠は「茂兵衛をくれ」ではなく「茂兵衛を貸せ」と言ったらしい。少し安堵した。ただ、この時もなぜか、服部半蔵と目が合った。

「で、おまんはどうする?」

「どうもこうも、殿の御命令通りに致しまする」

「ほうか。ではのう……」

家康は少し間をとり、馬上から茂兵衛の顔を覗き込んだ。

「おまんはな……中将様に食い込め」

「く、食い込む？」

思わず訊き返した。

「つまり、取り入れ……右大臣様とワシは、童《わらわ》の頃からの気心の知れた付き合いよ。それでも今まで、えろう苦労したがね。だが、中将様とは親しく話したことすらない。信長公の跡目は、間違いなく信忠公が継がれる。次の天下人との紐帯《ちゅうたい》が弱い……これは当家にとって、由々しき問題だとは思わんか？」

「御意ッ」

「ならば、ガブリと食い込まんかい」

ここでニヤリと笑った。どう見ても人相が悪くなった。悪の巨魁《きょかい》風だ。

信忠の宿舎は、妙覚寺《みょうかくじ》という日蓮宗の大きな寺であった。二条通《にじょうどお》りと衣棚通《ころもだなどお》りで画された広大な敷地を誇り、南は三条坊門通《さんじょうぼうもんどお》りに面し、東は小路を挟んで、二条新御所の見事な庭が借景となっていた。

家康一行と別れ、左馬之助と富士之介を伴い妙覚寺へと向かった。

貴人が逗留しているからか、山門は固く閉じられていた。訪《おとな》いを入れると奥へ通され、例の荒小姓——確か、弥三郎の方だったと思う——が、小走りに出てきて、茂兵衛一人を信忠の居室へと案内してくれた。

「中将様、本日はお招きに与《あずか》りまして……」

と、通り一遍の挨拶を済ませたのだが、広い書院内には、妙な緊張感が漂っていた。その元は、一人の中年の武士だ。庭に面した障子を開け放ち、竪框《たてかまち》に背を凭《もた》れて座り、だるそうに両足を前へ投げ出している。貴人である信忠の御前で、そのような不躾な態度が許されているところを見れば、本物の狂人か——はたまた、信長であろう。信長の顔は、七年前の長篠戦のおり、岡崎城内で見ている。ただ、書院内は薄暗く、明るい庭を背景に座る男の顔は、よく見えなかった。

「よい。気に致すな。ワシと話せばそれでよい」

信忠が茂兵衛の視線に気づき、励ますような笑顔を見せた。

「三河守殿にもお伝えしたのだが、お主の鉄砲隊の強さが気になって仕方ない。鉄砲の数は五十。それが野戦《のいくさ》で、騎馬隊二百を退けたと聞いた」

「恐れながら、二百は話を盛り過ぎ。百五十ほどにございました」

と言って、平伏した。笑いが起き、座が和んだ。

「や、それでも大したものにござる」

織田家の京都所司代を務める村井貞勝《むらいさだかつ》が、笑顔で信忠を見た。

「確かに。相手は名にし負う武田の騎馬武者じゃからのう」

と、信忠が感心したように言う。

「ただ……」

信玄の頃の武田騎馬隊とは違った。明らかに劣化していた——と、言いかけて
茂兵衛は止めた。征討軍の総大将として武田を滅ぼした信忠の武勲を腐すことにもなりかねない。言葉を継いで——

「ただ、敵は細い道を参りましたゆえ、放列を敷き易かったのみにございます」

「二列横隊か?」

「御意ッ。二列横隊で敵の頭を押さえ、さらに道の両側にも鉄砲を配しました」

その後しばらく、純軍事技術的なやり取りが続き、信忠の側近たちからも幾度か質問が飛んだ。驚くことに、小姓である新介と弥三郎も、臆することなく議論に加わっている。

(主人や重臣《おとな》に交じって、小姓が堂々と発言しとる。横で信長も聞いとるわけだ

しなァ。徳川では考えられんことだがね）

歴《れっき》とした物頭《ものがしら》の茂兵衛でも、あまり発言しないよう遠慮しているほどだ。

徳川の軍議は、大抵が口論となる。双方が脇差に手をかける寸前で家康が介入し、議論を総括して、ようやく方向性が定まる。そして議論の相手には、遺恨を残す――あまり建設的でも、健康的でもない。

（平八郎様や辰蔵は、大層織田家を嫌うが、俺には織田の方が合ってるような気もするのう）

「結局のところは、兵の練度でござろうなァ」

信忠側近の斎藤利治《さいとうとしはる》が呟いた。彼の父は、美濃の蝮《まむし》こと斎藤道三《どうさん》であると聞く。

「で、足軽をどう鍛えた？」

如何にも「これが本題」と言わんばかりに信忠が身を乗り出した。

「山の獣を狩らせましてございまする」

「獣を狩らせた？」

「御意ッ」

茂兵衛は、信濃《しなの》との国境《くにざかい》の山城を預かっていたこと。信濃からの侵入者はほとんどなく、城番は暇であったこと。率いた鉄砲隊の足軽たちが倦《う》まぬよう狩猟を奨励し、山中を駆け回らせたこと。山道を上り下りすることで脚力を鍛え、俊敏な小動物を狙うことで鉄砲の腕を上げさせたこと。イノシシやシカが獲れると肉鍋《にくなべ》に仕立て、皆で鱈腹《たらふく》食ったこと——などを話して聞かせた。

「脚力と鉄砲の腕を鍛えるついでに、兵たちの士気を高めたわけか……そりゃ、強い鉄砲隊になるわ」

信忠が溜息をついた。

「お前……」

背後で陰鬱《いんうつ》な声がした。いつの間にか信長が立っていた。まるで亡霊のような表情で見下ろしている。茂兵衛は、信忠にも信長にも尻を向けぬよう、少し脇へ逸れてから平伏した。

「どこぞで見た面だと思ったら、長篠のとき……岡崎城で会ったな？」

「はッ」

顔を上げずに答えた。鳥居強右衛門《とりいすねえもん》を同道したときのことだ。信長の記憶の正確さに舌を巻いた。

「狩りの話は面白かった。為にもなった。どうだお前……禄高二千石で、織田へ来ぬか？　どうだ？」

（に、二千だと）

少しだけ息が詰まった。禄高二千石は、おおよそ千貫（約一億円）に相当する。現在の四倍である。おそらくは知行地を与えられるのだろう。ざっくり見積もって、自分は五ヶ村を支配する領主となるのだ。

（ここで慌てちゃいけねェ。損得勘定で動く家来を主人は嫌うもんだ。どんなに役にたっても、勝頼を裏切った梅雪は、信忠から盛大に嫌われたんだ）

咄嗟《とっさ》に算盤《そろばん》を弾き、心にもない台詞《せりふ》を並べることにした。

「身に余る光栄にはございまするが、現在のそれがしは三河守の家来、主人の許しもなく軽々にお答えするわけには参りません」

「父上、この者は忠義の権化のような男。銭や俸禄では動きませんぞ」

信忠が嬉しそうに笑った。

二千石と言われ、焦って飛びつかなくてよかった。下手をすると、梅雪の二の舞になりかねないところだ。

信長は、信忠に苦く笑った後、足音荒く寺の奥へと歩み去った。数名の重臣が転がるように彼の後を追って消えた。

「驚かせてすまなかったな」

信忠が笑いをこらえながら、茂兵衛に詫びた。信長は、六月一日に近衛前久《このえさきひさ》らの公家衆を集めて茶会を催す予定であり、その趣向を確認しに、お忍びで京に入っていたらしい。

翌日、京都所司代の村井貞勝に斡旋《あっせん》を頼み、京周辺の山を猟場とする腕のいい鉄砲猟師を道案内として幾人か雇った。

その後は連日、洛中から北へ一里半（約六キロ）の岩倉《いわくら》や、二里半（約十キロ）の大原《おおはら》まで遠征し、信忠の鉄砲足軽三十人に「巻き狩り猟」や「忍び猟」を指導した。

特に、巻き狩りは、大勢の勢子《せこ》が音や声で獣を追い出しながら横一線になって前進し、草叢《くさむら》から逃げ出した獲物を、尾根筋に並んだ射手が撃ち獲るという猟法だ。勢子の進退は、采配によって一糸乱れぬ動きが求められる。これは戦場での動きにも通じるはずだ。信忠以下、誰もが熱心に取り組んだ。

京周辺の山は、意外に獲物が豊富だった。シカやイノシシなどの大物も獲れ、信忠の機嫌は上々である。一発で獣を仕留めた者には、信忠から褒美が出たので、足軽たちは目の色を変えて、慣れぬ狩猟に勤しんだ。

五月二十七日の朝。家康一行は京を発ち、堺見物に向かう予定である。その前夜は、信忠主催の酒宴であった。

五日ぶりに顔を合わせた徳川の同僚たちの様子が、心なしかよそよそしい。

「なんぞあったのか？　誰もまともに俺と目を合わせんのだが……」

弟の丑松を捉まえ、質してみた。

「なんもねェ。あるわきゃねェよ。兄ィの悪口なんぞ金輪際出て……」

「たァけ」

と、阿呆の月代をペチンと叩いた。

「すぐにばれるような嘘をつくんじゃねェ」

「御免よォ。殿が……平八郎様が、兄ィには言うなって言うもんだから」

丑松の円《つぶ》らな眼《まなこ》に涙が薄《うっす》らと浮かんだ。

「で、どんな悪口だら？」

丑松は左右を窺った後、小声で話し始めた。

「兄ィは徳川を裏切って、織田の家来になるって。元々の譜代じゃねェから、待遇次第でどこにでもいくって。でも、平八郎様が『絶対にそんなことはない』って喧嘩腰で睨むから、今のところ誰も表立っては言わなくなったけど……」

「平八郎様はどこだ？　平八郎様に会いたい」

「今夜は来てねェよ。風邪を引いたって……でも、嘘なんだ」

昨夜「茂兵衛は信忠の夜伽《よとぎ》をさせられている」と笑う者がいて、平八郎と殴り合いになったというのだ。それで平八郎は今宵の宴を欠席したと。

「誰だら、その野郎は？」

激高し、弟の襟《えり》を摑んで質した。

「く、日下部《くさかべ》」

「どこの日下部だら？」

今度は、首を絞めて質した。

「へ、兵右衛門《へいえもん》……う、う、馬廻の……」

「あの野郎かァ……」

丑松を解放した。日下部兵右衛門──以前から反りの合わない嫌な奴だ。あろうことか──上座で笑顔の信忠が「こちらへ来い」と手招きをしている。

（ええい。こんな時に、間の悪い）

左近衛中将から呼ばれ、まさか無視もできない。茂兵衛は席を立ち、家康と信忠が飲んでいる最上座へと向かった。多くの視線が茂兵衛の背中に注がれた。やがて宴の騒《ざわ》めきは静まり、咳《しわぶき》一つ聞こえなくなった。

「植田、参りました」

と、平伏した。皆が見ている――居たたまれないこと夥《おびただ》しい。

「三河殿が堺見物にいっておられる間、また今しばらく植田をお借りしたい」

上機嫌の信忠が頭を下げると、家康は恐縮し、すぐに快諾したのだが、なぜか茂兵衛には冷たい視線を送ってよこした。

（あかん……殿様ァ御機嫌斜めだわ。「食い込め」とか「取り入れ」とか命じたのはアンタじゃねェのかよ！）

おそらく、家康は敏感に家中の空気を読んだのだろう。茂兵衛の行動は人心を得ていない。となれば、家康が茂兵衛をかばうことはない。家臣団の空気次第で妻子をも殺した男だ。

五

（参ったなア。どうするかなア）

茂兵衛は真剣に悩んでいた。所は妙覚寺の寝所である。夜具に仰臥《ぎょうが》し、暗い天井を睨みながら、深い溜息を幾度も漏らした。

なにも敵側に寝返るわけではないのだ。織田家は、徳川の唯一無二の同盟国ではないか。

しかし「より良い待遇を求め」他家へ移ろうとしているのは間違いない。それも草深い三河に住む人々の多くが、表面上は兎も角、内心では嫌悪している織田家への移籍である。

（ま、徳川家全般から嫌われるのはええさ。人間、誰にでも好かれるわけにはいかねェからなァ。ただよ……）

茂兵衛が織田家へゆくことはない——そう論陣を張って、家中の荒波から茂兵衛を護ろうとしている平八郎を裏切ることになる。彼の信長嫌いは自他ともに認めるところだ。もし茂兵衛が織田家に移ったとしたら、平八郎はさぞ激怒し、悲しむことだろう。

当然、平八郎の家臣である丑松も苦しい立場に陥る。義弟である善四郎と辰蔵まで面目を失う可能性が高い。妹タキの恨めしそうな目が脳裏に浮かんだ。そして寿美だ。御一門衆の大草《おおくさ》松平に生まれた妻は、夫が主人を替えることをどう思うだろうか。二千石の領主の妻に納まる——そんなことで喜ぶとは、到底思えなかった。

「そもそも徳川は、大恩人の夏目次郎左衛門様に入れてもらった家だしなァ」

ゆっくりと声に出して言ってみた。

その次郎左衛門は、家康の身代わりとなり、三方ヶ原で英雄的な最期を遂げた。郎党の大久保四郎九郎共々、首のない骸《むくろ》となって草叢に転がっていたのだ。

そして、次郎左衛門が命を懸けて守ったのが、徳川家康という男である。

(問題はこの御仁さ。最近、偉くおなりで欲が出たのか、随分と目つきが悪くなっちゃいるが、俺ァ決して、家康様が嫌いじゃねェんだわ)

頭抜けた英雄とは言い難い。三ヶ国の太守になれたのも、偶《たま》さか信長と組んだお陰であろう。ただ、好んで残酷なことはしないし、己が気儘で家臣を振り回すこともない。好みも風采も田舎者丸出しで、でもそこが愛嬌となっている。好き嫌いを問われれば、信長よりは家康の方を選ぶ。

ここで茂兵衛は、夜具の上に起きあがった。

「総じて……ま、ねェか」

小声で呟いた。

織田家に仕官する話は、残念だが「ない」と結論づけた。

農民出身の茂兵衛は、正直なところ、さほどに忠義の心は強くない。

もし戦場で「家康のために死ね」と命じられたとする。一応は家来だから命を投げ出すだろうが——嫌々だ。ま、その程度。夏目次郎左衛門のように自ら率先して死地に赴くことはまずないと思う。

一方、平八郎や善四郎、辰蔵や丑松を救うためになら、命を惜しむことはない。嫌々ですらない。妻子や妹の危機には当然体を張る。義務感などではなく、人としての自然な感情からだ。

ただ、これらはすべて好悪《こうお》の情から生ずる私的な感情なのかも知れない。利害や感情を捨てて条理に従う——そんな「義」の一文字は当てはまらないはずだ。高根城《たかねじょう》下で茂兵衛の弾避けとなって死んだ服部宗助は、死に際に「これが自分の義だ」と囁《ささや》いたが、あれとは違うものだ。

(友義《ゆうぎ》という言葉はねェらしいから、さしずめ俺のは……友誼《ゆうぎ》だろうかな)

そんなことを考えて闇の中で一人苦笑した。

「駄目か……」

山道を徒歩で上りながら、さも残念そうに信忠が言った。この道は、岩倉の北東、寒谷峠《さむたにとうげ》へと続いている。今日も早朝から、信忠の鉄砲足軽たちを率い、訓練を兼ねた狩猟に勤しんでいる。

「徳川家への恩義。三河守への忠義。朋輩たちへの信義……その他諸々を勘案しまして、今回のお話は御辞退すべきかと……」

「なるほど」

信忠はしばらく黙って坂を上った。茂兵衛も無言で後に続いた。

「分かった。もうよい。お前らしいわ」

機嫌を損ねて怒り出したらどうしようかと不安だったのだが、信忠は笑顔を返してくれた。

「むしろワシは安堵した。もしもお前が、わずかな俸禄に目が眩み、三河守殿への忠義を忘れるようなら、今はよくとも、後々ワシはお前を信用できんようになったかも知れん」

茂兵衛は心苦しかった。信忠は明らかに自分のことを買いかぶっている。確かに断る理由として忠義や恩義を挙げたが、ほとんど嘘っぱちだ。茂兵衛は忠臣でもなければ、恩義に篤くもない。只々、己が身辺五間（約九メートル）か六間

（約十一メートル）か、そのわずかな範囲の人間関係を優先させ、信忠の好意を袖にしただけなのだ。

「植田茂兵衛は、あの梅雪とは違うということさ」

と、信忠が独り言のように呟いた。

（やはりそこにきたか……）

茂兵衛は梅雪を思って肩を落とした。

（梅雪様は、私利私欲から勝頼を捨てたわけじゃねェ。甲斐源氏や穴山家の存続、家来たちの未来という大義のために、泣く泣く裏切ったんだ。俺なんかより、よほど義の人さ）

ところが信忠は、茂兵衛の方を義の人と称賛し、梅雪を不義の人と見て嫌悪している。つくづく、世の中とは不条理なものだ。

「明日は六月二日か……三河殿が堺から戻られる。本日が最後の猟になるな。植田よ。ワシは一度クマを撃ってみたいぞ」

「御武運を……」

茂兵衛は笑顔で首《こうべ》を垂れた。

卯《う》の上刻（午前五時頃）。茂兵衛は妙覚寺の寝所で目覚めた。遠く南西の方角から喧噪が聞こえる。鉄砲の音、鬨《とき》の声などが交じっていないから合戦ではあるまい。火事か大規模な喧嘩かなにか——ま、ここ京の都は、織田家が睨みを利かせ平和が維持されている。自分には無関係と高を括り、二度寝を決め込んだ。

「旦那様、旦那様」

今度は、押し殺したような富士之介の声に起こされた。

「なんだら」

二度寝を邪魔され、少し不機嫌に応じた。

「南西、本能寺の方角に煙が見えまする。明智日向守が謀反と、呼ばわる者もおりまする」

「！」

撥ね仕掛けのように飛び起き、障子を開けて庭に走り出た。南西の空に黒煙が立ち上っている。妙覚寺から本能寺までは直線距離で凡《おおよ》そ八町（約八百七十二メートル）——もし謀反が本当なら、次はここへ来るだろう。

「植田様」

信忠の小姓、鎌田《かまた》新介だ。袴の股立《ももだ》ちを取り、肩衣《かたぎぬ》を脱いで襷《たすき》を掛け、槍を提げている。

「謀反人は明智日向守、本能寺は全焼、上様の安否は知れず。中将様は、この寺では防ぎきれぬゆえ、東隣の二条新御所へと移られまする。植田様は如何されますか？」

「無論、御一緒する」

「承知」

新介は嬉しげに微笑んで頷いた。逃げ出すとでも思っていたらしい。

二条新御所は天正七年（一五七九）に信長から朝廷に寄進され、以来皇太子である誠仁親王《さねひとしんのう》の居宅となっていた。元々は、貴族の屋敷を信長が気に入り、京における己が宿泊所として使うべく手を入れたものだ。信長自身が泊まる施設だから、当然、濠を穿《うが》ち、高い築地塀《ついじべい》で囲んであり、護りはそれなりに固い。京の庶民からは「二条城」とも呼ばれていた。

本能寺を焼いた明智勢は、桔梗《ききょう》の旗幟《きし》をはためかせ、十重二十重《とえはたえ》に二条城を取り囲んだ。茂兵衛がざっと眺めた限りで一万、否、一万五千はいる。

（こりゃ、あかん……奴等、本能寺では、俺らに気取られまいと鉄砲を使わなか

ったけで、しっかり鉄砲隊は連れてきとる。しかも大筒《おおづつ》を持っとる。大手門に撃ち込まれたら一巻の終わりだがや）

元来、織田家は大筒の好きな家だ。三十匁《もんめ》（約百十三グラム）の鉛弾を撃ち出す、ほとんど大砲のような鉄砲を数多《あまた》装備していた。そこは明智勢も同じだ。幾発か撃ち込まれたら木製の門扉《もんぴ》など簡単に破壊される。

左馬之助と富士之介を連れ、城内を走って信忠を捜した。二条新御所は決して広くない。四十間（約七十二メートル）四方の小ぢんまりとした御所だ。信忠の姿は、すぐに見つかった。

「恐れながら、鉄砲隊をお貸し下され。大手門の矢倉に上りまする」

「植田、お前、こんなところで何をしておるのか！」

信忠に一喝された。

「それがしも、中将様とともに戦いとうござる」

「たァけ！　お前は昨日なんと申した？　徳川と三河殿への恩義があると、織田家への仕官を断ったのではないか！　あれは大嘘か？」

と、右足を踏み出し腰の太刀に手をかけた。

「いえ、嘘ではございません」

と、慌てて平伏した。――ま、半分は嘘だったのだが。

「ならば、お前が向かうべきは二条新御所の大手門に非《あら》ず。植田！」

「はッ」

「一刻も早く堺方面へと走り、京へ向かっている三河殿に、この凶事を伝えよ」

確かに、供の多くを安土に残してきた家康一行は、梅雪の従者を含めても五十人前後だろう。このまま明智の謀反を知らずに京へと入れば、まさに飛んで火に入る夏の虫ではないか。

「新介！」

「はッ」

「誠仁殿下のお供に紛れ込ませて、植田を城から落とせ。お前が手筈せよ」

「はッ」

「植田！　決して三河殿を死なすなよ！　必ず領国まで連れて戻れ、よいな？」

「ははッ」

否も応もない。信忠は陣頭指揮に忙しく、これ以上茂兵衛の相手をしている暇はなさそうだ。鎌田新介に二の腕を摑まれ、引き摺られるようにして信忠の前を辞した。

（或いは、今生の別れとなるやも知れねェが、中将様……御武運を！）

と、心中で叫んだ。

新介は、一人の女官のところへ茂兵衛を連れて行った。青井《あおい》という名の、東宮家の女房に仕える若く美しい女性だ。

信忠は、明智勢と交渉し、しばらく休戦することで合意していた。誠仁親王とその家族、奉公人を城外に出すまでの休戦だ。その奉公人の列に、茂兵衛たちを紛れ込ませて城から脱出させようというのだ。

茂兵衛たちは青井の指導の下、親王家に仕える雑用夫の姿を模すことにした。白張《はくちょう》（皇族や貴族に仕える従僕の装束）の丸襟《まるえり》を紐で結び、小袴をはいて脛《すね》を露出させた。簡素な萎烏帽子《なええぼし》を被れば――少々肩幅が厳《いか》つく、目つきが鋭くはあるが――見かけ上は御所の奉公人らしい装いとなった。

青井を乗せた輿《こし》を左馬之助と富士之介が担ぎ、茂兵衛はその後方から、小振りの長櫃《ながびつ》を担いで続いた。櫃の中には打刀三振りを忍ばせてある。

「ええか。寄せ手に話しかけられてもあまり喋るな。京言葉でないと怪しまれるからな」

と、茂兵衛が歩きながら、小声で命じるのを聞いた青井が輿の中で呟いた。

「その寄せ手の方々も、よう京言葉は知らんのと違いますか？　ホホホ」

「な、なるほど」

生粋の京都人からすれば、所詮は「田舎者と田舎者の諍《いさか》い」程度に感じているのだろう。

三条坊門通りに面した表門から、親王の行列に続いて二条新御所を退出した。

「そこの輿、暫時《しばらく》待たれよ」

と、いきなり声がかかり、先頭で輿を担ぐ左馬之助が足を止めた。

「拙者、明智日向守が家臣、伊勢与三郎《いせよさぶろう》と申す者。輿を検める。御免」

鎧武者《よろいむしや》が輿の御簾《みす》を撥ね上げた。輿の中には正真正銘の女官が座っており、ニコリと妖艶に笑ってみせた。

「こ、これは御無礼……」

声はまだ若い。

「随分と屈強そうな従僕衆にござるな？」

伊勢は、茂兵衛と富士之介の体軀を見ながら青井に質した。

「昨今は京の都も何かと物騒……在所の兄に頼み、膂力《りよりよく》自慢の百姓を召し出しましてございます」

「その長櫃の中は？　検めても宜しいか？」

茂兵衛が担ぐ櫃の中身は打刀である。

「お若いのに……女子《おなご》の襦袢《じゅばん》にでも興味がおありで？」

「な！」

伊勢は、面頰《めんぼお》の奥で明らかに動揺したようだ。小声で「行ってよし」と左馬之助に命じた。

「待て！」

動き出した輿が再度呼び止められた。伊勢が茂兵衛に歩み寄り、まじまじと顔を覗き込む。

（あ、こいつの面《つら》ァ知ってるわ）

と、茂兵衛は思った。伊勢の面頰は喉と両頰のみを保護する所謂《いわゆる》半頰で、顔が分かるのだ。

「どこぞで見た面だな？」

相手も茂兵衛に気づいたようだ。

明智光秀《みつひで》は、安土城での接待役だった。彼の家来が、家康一行に交じっていた茂兵衛の顔を、見覚えていても不思議はない。

（おいおい、拙《まず》いじゃねェか）

ここは開き直りが肝心だ。精一杯の卑屈な笑顔で小腰を屈めてみた。

「なんだ。やはり百姓か……行ってよし」

ようやく解放された。

（たァけ。俺は元々、本物の百姓だがや）

武士が演じるにしては、小腰の屈め方が堂に入りすぎていたのだろう。

四条通り際《しじょうどおりぎわ》の親元まで青井を送り届けたちょうどその頃——

ドンドンドン、ドンドンドン。

二条新御所の方角で銃声が轟いた。北東の風に乗り、鬨の声が伝わってくる。明智勢による攻撃が開始されたのだろう。昨日までは織田家の朋輩だった者たちが、一晩明ければ殺し合う——凄惨な話だ。

（ったく謀反なんてよォ。明智のたァけは、なに考えてんだら？）

と、心中でこそ悪態をついたが、麗人の前であり、態度には一切出さず、その代わりに深々と頭を下げた。

「青井殿、危ないところを、かたじけのうござった」

「なんの。私も楽しゅうございました」

と、微笑む美しい目は左馬之助にばかり注がれている。

（な、なんだら？）

公平に見て、左馬之助は美男である。茂兵衛に言わせれば、そう大したこともないが、彼や富士之介のような鬼瓦風の容貌ではない。京女の美意識というか、興味を引くのはどうしても左馬之助になるのだろう。

（ふん。男好きの京女か……ま、美男を護ろうと、青井殿が危ない橋を渡ってくれたのなら俺も助かったわ。どれ、左馬之助の綺麗な面に免じて、もう一つだけ甘えてみるか）

と、屋敷に入ろうとする青井を呼び止めた。

「一つ伺いたいのですが、京から堺にはどうやって参ります？」

「さ、堺って……遠おすえ？」

青井は目を丸くした。京と堺は、十二里（約四十八キロ）以上も離れているそうだ。田舎者の茂兵衛は、京のすぐ隣町が堺——そのぐらいに考えていた。

「まずは西に走り、桂川《かつらがわ》に出たらよろしい」

「か、桂川？　それがし、京の都は初めてにござる。桂川と申されても……」

「ええですか？　京の町屋を東に進めば鴨川《かもがわ》、西に歩けば桂川に必ず突き当たります。大きな川ですよってに、すぐに分かります」

「ほ、ほうですか」

季節は梅雨、増水していようから、気づかずに通り過ぎることもあるまい。

「桂川を下ればやがては淀川《よどがわ》に流れ込みます。淀川を下れば難波《なにわ》の海。海に出ればしめたもので、浜沿いに南下して堺に至りまする」

大分大雑把で不安な道案内だが、概ね「堺方面」には向かえそうだ。

左馬之助に色目を使い続ける青井と別れ、二人を促し、空の輿を担いだまま西へと向けて、騒然とした洛中を歩き始めた。

終章　命をあずける

三人で桂川《かつらがわ》を目指した。土地勘がないので不安だ。しかも騒然とした状況だから店なども閉まっており、小走りに行き交う人に道を訊ねることも憚《はばか》られた。

そもそも茂兵衛たちは、敵に包囲され、攻められている二条《にじよう》新御所からの逃亡者だ——言わば落武者に近い。

(京の都にも、落武者狩りはあるのだろうか?)

と、大層不安だったのだが、幸い京の南西に開いた丹波口《たんばぐち》を通って洛外へと出られた。関所に明智勢の姿はなかった。

(ま、無事に通れたのは助かったけどよォ。明智はずい分と緩いが、大丈夫か?)

なぞと敵の心配をしながら、人目のない場所を選んで輿《こし》を地面に下ろした。

「まず俺たちがやるべきことは、殿様にこの変事をお伝えすることだ。本日は六月二日。殿は堺《さかい》見物を終えられ、ここ京の都へと上って来られる」

「そりゃ、まずい」

思わず富士之介が呟いた。この上洛を止めねば、明智軍の網の中に、家康は自ら飛び込むことにもなりかねない。

「しかし、我が殿はあのようなお人柄、明智との関係は良好かと思われます。必ずしも敵とは限らぬのでは？」

左馬之助が小声で意見を述べた。

「たァけ。『思われます』って、明智が信長を討つと誰が思った？」

今は、思いの外の事態が起こっているのである。ひょっとして明智は友好的かも知れないが、そんな一か八かの賭博のような危険は冒せない。まずは、虎口《ここう》を脱すべしだ。安全を確保した後、明智と手を結ぶのか、明智を討つのか——それを決めるのは家康だ。

路地に輿を残し、身軽になって西へ急いだ。

果たして桂川は増水していた。この濁った奔流が流れ下る先に、淀川《よどがわ》が、難波《なにわ》が、そして堺がある。

（それにしてもよォ）

茂兵衛は妙なことに思い当たり、歩きながら考えた。

（信長って野郎は、つくづく雨男だら）

桶狭間戦《おけはざまのいくさ》は豪雨の中だったし、姉川《あねがわ》、長篠《ながしの》――信長の人生で節目となるような大戦《おおいくさ》の多くが、梅雨時《つゆ》に集中していた。そして今、本能寺《ほんのうじ》だ。天正《てんしょう》十年（一五八二）六月二日は、新暦だと六月二十一日に当たる。まさに人生の終焉を梅雨のさ中に迎えたわけだ。

勿論、偶然ではない。

信長は早くから軍制改革に手を付けており、直属の常備軍を編制して城下に住まわせた。国衆《くにしゅう》地侍の軍役に頼る周辺諸大名が農繁期の戦を嫌うので、むしろ梅雨時を狙って戦を仕掛けたのだ。今回も同様で、農繁期のうちにと、毛利と長宗我部《ちょうそかべ》を討つべく出撃した先での遭難であった。

茂兵衛たちは、荒ぶる桂川に沿って走った。京から長岡《ながおか》までの二里半（約十キロ）を、ほぼ全力で駆け通した。疲労困憊だ。若く、徒士《かち》武者として走り慣れている富士之介は兎も角、日頃の移動は馬、年齢も三十を過ぎた茂兵衛と左馬之助には応えた。二人は顎を出した。

（あかん、限界だがや）

そろそろ桂川と淀川の出合いが近い。

山崎山《やまざきやま》の麓《ふもと》の百姓屋で、馬が二頭飼われているのを見た。肩までの高さが四尺（約百二十センチ）程の小柄な農耕馬である。ただ、鎧武者《よろいむしゃ》を乗せて戦場に出るわけではない。堺まで、或いはその途中まで茂兵衛と左馬之助を乗せて走ればそれでよいのだ。

「富士、銭を出せ」

「はッ」

富士之介が、腰に巻いた打飼袋《うちかいぶくろ》の中から鹿革の小袋を取り出し、茂兵衛に差し出した。

革袋の中には砂金が入っている。全国単位の高額貨幣《かへい》が存在しなかった当時、粒状の金や銀がその代役を務めた。四十四匁《もんめ》（約百六十五グラム）で金十両とも金一包《きんひとつつみ》とも呼ばれた秤量貨幣《ひょうりょう》である。金一包は銭二十貫文に相当するから、概ね二百万円ほどの価値か。京見物に行くというので「恥をかかないように」と寿美から渡された軍資金だ。信忠の狩りに同行し続けたため使わずにおいたのが幸いした。

「ちと道を訊ねたいのだが？」

農家の主人は、腰の曲がった強欲そうな老人だった。主目的は馬だったが、まずは搦《から》め手《て》で攻めることにした。

「海に出るには如何したら？」

「桂川から、淀川に沿って下りなはれ。さすれば摂津《せっつ》の難波に出よります」

と、川の流れを指さした。

「なるほど難波にね。例えば、堺へ行くとすれば、どの道を通るべきか教えていただきたい」

「どの道って……淀川に沿って歩き、枚方《ひらかた》の辺りで南へ折れなはれ」

茂兵衛としては、京へ向かう家康の一行と、すれ違いになるのが一番怖い。

「淀川沿いを進む以外に道はないのか？」

「淀川以外ね……ま、高野様《こうやさま》への参詣道を通ることができますなァ」

「その道はどこをどう行く？」

長岡の南東にある八幡《やわた》を起点とし、枚方、交野《かたの》、飯盛山《いいもりやま》を経て高野山へと至る街道が南に下りていた。堺を発《た》った家康一行が京へと向かう場合、淀川河畔を遡《そ》行《こう》する以外に、この道を使うことも考えられる。

（……ならば、ここは二手に分かれるか）

左馬之助には分かり易い淀川沿いの道を下らせ、茂兵衛自身は、東寄りの高野山への参詣道を南下する。富士之介は最後の砦としてこの場に残す。何かの間違いで家康一行がやってきた場合、ここで制止し、絶対に洛内へ入れないのが彼の役目だ。丸二日経って音沙汰がなければ、それぞれ別途に三河《みかわ》を目指す――と、算段を決めた。

「ときにご老人、実によい馬じゃな」

「売りませんよ。野良で使うんや」

――機先を制せられた。

背後から、富士之介が腰の刀に手をかける気配が伝わった。いっそ爺ィを殺して馬を奪うことも考えたが――ま、それは最後の手段だ。小さく振り向き、血気にはやる家臣を仕草で宥《なだ》めた。

「なに、褒めただけよ。買う気なんぞないわ」

そう言いながら、思わせぶりに革袋から金を一粒だけ摘みだした。

「親切に道を教えてくれた礼じゃ。とっておけ」

と、粒金を老人に手渡し、さらに革袋をジャラジャラと振ってみせる。

「…………」

老人の視線が掌《てのひら》の金粒から、革袋へと移ろい、一旦ゆっくりと口が開き、その後ゴクリと唾を飲み込んだ。

（ふん。これならいけそうだがや）

結局、値段の交渉となり、二頭の農耕馬と鞍代わりの筵《むしろ》二枚を金十匁（約五十万円）で買い受けた。かなりの高値だ。軍馬でも一頭金四匁（約二十万円）で買える。

その後、三人は三方に分かれた。茂兵衛は、淀川沿いの道を鐙《あぶみ》のない馬に手を焼きながら、枚方までの四里半（約十八キロ）をなんとか駆け抜けた。

老人は「枚方で南に折れよ」と言った。

（分岐を間違えたら大変だ）

と、見回していると、南から見慣れた懐かしい姿が見えてきた。大柄な漆黒の悍馬《かんば》に長い槍を抱えた勇姿――本多平八郎が警戒のため、家康本隊より先行して進んでいたのだ。

色々な想いが胸を突き上げ、不覚にも茂兵衛は涙ぐんだ。

「おいこら茂兵衛、その形《なり》はなんだら？　ガハハハハ」

宮中の雑用夫姿で、筵を置いた農耕馬に跨る姿を笑われたが、今はそれどころではない。

大声で伝える話ではないから、馬を寄せ、身を乗り出して囁《ささや》いた。

「なんら？」

「一大事にございます。明智日向守が謀反。信長公の生死は不明」

「な！」

平八郎は、馬の鞍からずり落ちそうになり、慌てて従者が尻を支えた。

「信忠卿は二条城に籠城中！」

「み、光秀が謀反だと？　ど、どえらいことだがね。明智の兵力は？」

「凡《おおよ》そ、一万五千。対する織田方は精々五百」

「ど、どえらいことだがや」

平八郎はゆっくりと長い息を吐き、冷静さを取り戻すと、周囲を見回した。

「この際、信長も信忠もどうでもええ」

「……」

「問題は、どうやって殿を逃がすかだ。海路がええか？　伊賀《いが》を越すか？」

「摂津には三七郎信孝様の軍勢がおられまする。合流されては如何？」

信長の三男信孝は、副将格の丹羽長秀《ながひで》とともに四国遠征軍――長宗我部討伐軍――の総大将として、兵一万四千を率い、摂津の住吉《すみよし》に駐屯していた。

「たァけ。織田の奴等など、信用できるか」

（確かに……信孝と明智が裏で繋がっておらんとも限らんわな）

信長と信忠が死ねば、次兄の信雄はかなりのボンクラだから、信孝に跡目が回って来る可能性がある。つまり謀反を起こす動機がなくもないのだ。

「いずれにせよ、辛い旅となりそうだのう。な、茂兵衛よ」

「はッ」

「おまんとワシで、なんとしても血路を拓く。おまんの命、しばらくワシにくれや」

（そうそう、つまりこういうことだがや）

義のためには死ねなくとも、友のためになら死ねる。

「喜んでッ」

農耕馬の上で茂兵衛は幾度も深く頷いた。

本作品は、書き下ろしです。

双葉文庫

い-56-06

三河雑兵心得《みかわぞうひょうこころえ》

鉄砲大将仁義《てつぽうたいしょうじんぎ》

2021年9月12日 第1刷発行
2024年10月8日 第9刷発行

【著者】
井原忠政《いはらただまさ》

【発行者】
箕浦克史
【発行所】
株式会社双葉社
〒162-8540 東京都新宿区東五軒町3番28号
［電話］03-5261-4818(営業部) 03-5261-4831(編集部)
www.futabasha.co.jp(双葉社の書籍・コミックが買えます)
【印刷所】
中央精版印刷株式会社
【製本所】
中央精版印刷株式会社

【フォーマット・デザイン】
日下潤一

ISBN978-4-575-67069-1 C0193
Printed in Japan